dtv

Reihe Hanser

Rätselhafte Dinge gehen im Spukhaus vor sich – und Geisterjägerin Araminta ahnt, dass sich etwas Schreckliches in den dunklen Geheimgängen verbergen muss. Zum Glück kommt ihr eine geniale Idee zum Bau einer kombinierten Werwolf-und-Vampirfalle. Was ihr da wohl ins Netz gehen wird?

Angie Sage, 1952 in London geboren, lebt als Autorin und Illustratorin in Cornwall. In der *Reihe Hanser* erschienen von ihr die ersten drei Abenteuer von Araminta Spuk, ›Gruselangriff aus dem Hinterhalt‹ (dtv 62383), ›Das Schwert in der Grotte‹ (dtv 62384) und ›Die Entführung der Frösche‹ (dtv 62406), außerdem die Septimus-Heap-Bände ›Magyk‹ (dtv 62327) und ›Flyte‹ (dtv 62371).

Jimmy Pickering arbeitete für Hallmark, Disney und Universal. Als Illustrator hat er Bilder- und Kinderbücher gestaltet.

Angie Sage

~4~

Araminta Spuk

Auf Vampirjagd!

Mit Bildern von Jimmy Pickering

Aus dem Englischen von
Ulli und Herbert Günther

Deutscher Taschenbuch Verlag

Das gesamte lieferbare Programm der *Reihe Hanser*
und viele andere Informationen finden Sie unter
www.reihehanser.de

Araminta Spuk im Internet:
www.araminta-spuk.de

Deutsche Erstausgabe
In neuer Rechtschreibung
Januar 2010
Deutscher Taschenbuch Verlag GmbH & Co. KG,
München

Titel der Originalausgabe:
›Araminta Spookie: Vampire Brat‹
Katherine Tegen Books, New York
(Imprint of HarperCollins New York)
Published by arrangement with HarperCollins Children's Books,
a division of HarperCollins Publishers, Inc.

Umschlagillustration: Jimmy Pickering
Gesetzt aus der Goudy Old Style 13/18'
Satz: Satz für Satz. Barbara Reischmann, Leutkirch
Druck und Bindung: Druckerei C. H. Beck, Nördlingen
Gedruckt auf säurefreiem, chlorfrei gebleichtem Papier
Printed in Germany · ISBN 978-3-423-62434-3

Für James, Amelia
und Katharine mit Liebe

Inhalt

~1~

Fleder-mauskot

Rätselhafte Dinge gehen in unserem Spukhaus vor sich – unheimliche Begegnungen mit Werwölfen und Vampiren.

Angefangen hat alles damit, dass Tante Tabby eines Tages über die Schatztruhe von Sir Horace stolperte. Sir Horace ist unser bester Geist. Er lebt in einer alten Rüstung und wandert im Haus herum, sodass man nie sicher sein kann, wo man ihm als Nächstes begegnen wird. Die Schatztruhe hatte ich vor Kurzem aus seiner alten Burg gerettet, und weil sie so schwer ist, dass niemand

Lust hat, sie irgendwohin zu tragen, steht sie seither in der Eingangshalle. Ich fand es gut, dass sie da stand, aber Tante Tabby nicht. Sie fand, die alte Truhe habe einen merkwürdigen Geruch an sich – was stimmt –, aber schließlich gibt es viele Dinge in unserem Spukhaus, die einen merkwürdigen Geruch an sich haben.

Ihr wisst wahrscheinlich, dass außer Tante Tabby, Onkel Drac und mir auch Brenda, Barry und Wanda Gaukel-Wizzard im Spukhaus wohnen, was sehr lustig sein kann. Oder auch sehr nervig. Und dieser Tag gehörte zu den nervigen.

»Diese Truhe verschwindet hier!«, erklärte Tante Tabby und rieb sich das Schienbein. »Sag Barry, er soll dir helfen, sie raufzubringen und aus dem Weg zu schaffen.«

Barry, Wandas Vater, hatte nicht die geringste Lust, die Truhe nach oben zu schleppen. Er sagte, er hätte die Nase voll von stinkigem Zeug. Doch wie gewöhnlich setzte sich Tante Tabby durch, und schließlich halfen Wanda und ich Barry dabei, die Truhe ins *Geist-in-der-Wanne*-Bad oben, gleich neben der Treppe, zu wuchten. Es ist eindeutig kein Geist mehr in der Badewanne: Ich habe schon stundenlang vergeblich darauf gelauert, einen Geist beim Baden zu überraschen. Warum auch sollte ein Geist baden wollen? Das haben Geister gar nicht nötig, weil sie nicht schmutzig werden.

Wir hatten die Schatztruhe gerade neben der Badewanne abgesetzt, als Brenda, Wandas Mama, hereinkam. Seit drei Tagen vermisste sie ihre Katze Pusskins, weshalb sie allmählich leicht hysterisch wurde.

»Ob Pusskins vielleicht da drin ist?«, fragte sie hoffnungsvoll und zeigte auf die Schatztruhe.

»Glaube ich nicht«, sagte Wanda. »Diesen Geruch könnte Pusskins nicht ertragen.«

Das glaubte ich nun wiederum nicht, weil Pusskins selber stinkt. »Vielleicht kommt der Geruch ja überhaupt von Pusskins?«, gab ich zu bedenken.

Brenda stieß einen spitzen Schrei aus. »Macht auf, macht auf!«, rief sie. Wir öffneten also die Truhe. Pusskins war nicht drin. Barry führte Brenda zum nächsten Stuhl, wo sie erst mal tief Luft holen musste.

Sir Horace hatte uns den Inhalt seiner Truhe

längst gezeigt, aber da sie nun offen war, schauten Wanda und ich noch einmal nach, für den Fall, dass er beim ersten Mal etwas Interessantes übersehen hätte. Aber er hatte uns alles gezeigt. Eigentlich war es gar kein richtiger Schatz, sondern nur jede Menge Papiere, ein halb vergammelter Hasenfuß – Sir Horace' Talisman – und eine verbeulte alte Silberpfeife. Es war sogar so, dass Sir Horace den einzigen Schatz Wanda und mir geschenkt hatte: zwei Goldmedaillen, die wir unter unseren Kopfkissen aufbewahrten.

Den Rest des Vormittags lief Brenda von oben bis unten durch das Spukhaus. »Hierher, Pussykind, komm her, mein Pussy-Katzi, komm zu deiner Pussy-Mammi ...« So und mit ähnlichem Schwachsinn rief und lockte sie. Sogar Wanda, die selber einen leichten Hang in diese Richtung zeigt, hatte bald genug davon. Doch Brenda ließ nicht nach. Ich glaube, sie liebt Pusskins mehr als alles andere auf der Welt – nur Wanda liebt sie vielleicht eine *Spur* mehr, aber höchstens eine winzige Spur. Dabei ist Pusskins nicht einmal eine besonders nette Katze, sie faucht jeden gleich an, wenn sie an ihm was nicht leiden mag. Außerdem ist sie ziemlich fett und wird ständig fetter: Wanda kann sagen, was sie will, aber ich weiß genau, dass sie meine Käse-Zwiebel-Chips an Pusskins verfüttert.

Am Nachmittag reichte sogar Tante Tabby das aufgeregte Getue, deshalb bestimmte sie, dass wir alle helfen sollten, das Haus zu durchsuchen. Sie und Brenda wollten oben anfangen, Wanda und ich sollten im Keller beginnen. In der Mitte würden wir uns dann treffen.

Den Keller in unserem Spukhaus finde ich toll. Er ist durchzogen von vielen gewundenen Gängen, die zu kleinen Küchen, großen Küchen, Waschküchen, Speisekammern, Rumpelkammern und allen möglichen verborgenen Winkeln führen. Außerdem gibt es auch einen Geheimgang. Ich war schon ein paar Mal da, aber um dorthin zu kommen, muss man erst durch eine kleine Tür unter der Dachbodentreppe ganz oben im Haus. Dann lässt man sich mit einer Art Aufzug hinab und steigt auf einer baufälligen Leiter noch weiter in die Tiefe. Ich habe mir schon oft gedacht, dass es bestimmt einen schnelleren Weg in den Geheimgang gibt – zum Beispiel eine Geheimtür auch im Keller, aber bis jetzt habe ich sie noch nicht gefunden.

Ich sagte Wanda nichts von meinem Vorhaben, sondern beschloss, meine Zeit nicht mit der Suche nach Pusskins zu vergeuden – sie würde ohnehin nicht zu mir kommen, egal, wie lieblich ich nach ihr rufen würde. Ich kann Pusskins nicht leiden und sie kann mich nicht leiden. Ein Gefühl, das auf Gegenseitigkeit beruht, wie Onkel Drac sagt. Während also Wanda durch den großen Kellergang lief, der sich an den vielen Küchen entlangschlängelt, und während sie immerzu rief: »Pussykins, komm, Pussy, Pussy!«, und sich anhörte wie eine piepsige Ausgabe von

Brenda, stahl ich mich davon und verschwand in dem Gang, der zur Fledermauskot-Klappe führt. Ich wollte die Gruselecke erkunden, die Stelle, wo Barry die Säcke für den Kot aufbewahrt. Bis jetzt hatte ich nie Zeit und Gelegenheit dazu gefunden. Tante Tabby ahnt unerklärlicherweise immer, wo ich mich gerade aufhalte, und dann sagt sie: »Ich weiß wirklich nicht, warum du dich ausgerechnet da unten herumtreiben musst, Araminta. Komm sofort da weg.« Doch diesmal wusste ich Tante Tabby weit entfernt, ganz oben im Spukhaus. Genau genommen war sie mit Brenda sogar oben auf dem Dach, um Pusskins zu suchen. Ich war in Sicherheit. Jedenfalls in Sicherheit vor Tante Tabby.

Die Klappe für den Kot ist unten in Onkel Dracs Turm, in dem er seine Fledermäuse hält. Jeden Tag schaufelt Wandas Papa Barry den angehäuften Fledermausdreck in Säcke, deshalb wunderte ich mich nicht, als ich hinter dem meterhohen Berg von Fledermauskot plötzlich eine

Stimme sagen hörte: »Was machst *du* denn hier, Araminta?«

»Ich suche Pusskins«, erklärte ich Barry, wenn es auch nicht *ganz* stimmte, da ich ja in Wahrheit eine Geheimtür suchte. Es war aber auch nicht *ganz* geflunkert, denn sollte ich Pusskins entdecken, würde ich natürlich nicht achtlos an ihr vorbeigehen.

Am oberen Rand des Kothaufens erschien Barrys Gesicht. Er sah mich argwöhnisch an. »Hast du etwa Pusskins *auch* versteckt?«, fragte er.

Ich seufzte. Er meinte die Sache mit den Fröschen. Barry hat ein paar Froschakrobaten, die Kunststücke können. Man sollte also meinen, er wäre ein fröhlicher, ausgelassener Mensch, doch leider hat er so gar nichts Fröhliches an sich. Für gewöhnlich ist er schlecht gelaunt und misstrauisch.

Zum Beispiel glaubt er, ich hätte vor Kurzem seine Frösche gestohlen, was einfach nicht stimmt. Im Gegenteil, *ich* habe sie wieder gefunden und zurückgebracht!

Und hat er sich etwa darüber gefreut? Nein.

Hat er gesagt: *Oh, vielen, vielen Dank, Araminta, ich bin dir ewig dankbar* – hat er das etwa gesagt? Nein, hat er nicht.

Ich werde für diese Frösche also keinen Finger mehr krumm machen. Man kann sich kaum vorstellen, was sie einem für Scherereien machen! Aber weil Tante Tabby mir immer wieder einschärft, ich solle mich um Höflichkeit bemühen, sagte ich: »Na, wie geht's deinen Fröschen, Barry? Alle gesund und munter?«

Da verzog er nur den Mund zu einem gequälten Lächeln und sagte: »So leicht lasse ich mich von dir nicht auf den Arm nehmen, Araminta.« Und schaufelte weiter.

»Entschuldige«, sagte ich in meinem besten Tante-Tabby-Ton. »Darf ich bitte mal vorbei?«

»Nein«, gab Barry zurück. »Ich schaufle jetzt seit einer Stunde Fledermausdreck und den werde ich nicht wieder zurückschaufeln, nur damit du hier vorbeikannst! Aber ich habe eine zweite Schaufel da, falls du mir helfen willst.«

»Nein, vielen Dank, Barry«, sagte ich.

Jemand, der nicht über unser Spukhaus Bescheid weiß, wundert sich vielleicht, warum Barry Fledermauskot schaufelte. Mein Onkel Drac hält jede Menge Fledermäuse in seinem Fledermausturm. Er hat früher einen Düngerhandel mit Fledermauskot betrieben, doch jetzt strickt er stattdessen. Lange Zeit häufte sich deshalb der Fledermauskot an und wurde so richtig eklig, bis schließlich Barry den Düngerhandel übernahm. So kommt es, dass jetzt immer Barry den Kot durch die Klappe im Keller schaufelt (nachts schaufelt auch Onkel Drac mal ein bisschen). Danach füllt Barry den Kot in Säcke und verkauft ihn am Gartentor. Er gibt Onkel Drac die Hälfte der Einkünfte ab, und Onkel Drac kauft sich dafür bergeweise Wolle für neue Strickarbeiten. Ich glaube, zurzeit strickt er Essiggurken. Zum Geburtstag hat er mir eine gestrickte Tafel Schokolade geschenkt, was eigentlich ganz nett von ihm war, aber eine echte wäre mir lieber gewesen.

Barry verschwand durch die Klappe, um eine neue Schaufelladung herauszubefördern. Kaum war er außer Sicht, hielt ich mir die Nase zu und stieg über den Kothaufen. Es war abscheulich, durch und durch matschig, und ich sank tief ein. Warum sollte jemand dieses Zeug kaufen wollen?

Auf der anderen Seite der Fledermausklappe war ich noch nie gewesen, ich war gespannt und aufgeregt – und Angst hatte ich kein bisschen. Jedenfalls kaum. Ich war überzeugt, dass ich nun jeden Moment auf eine ähnliche Geheimtür stoßen würde wie die unter der Dachbodentreppe, durch die man in den Geheimgang hinter den Kellermauern kommt.

Sobald die Gruselecke hinter mir lag, wurde der Gang stockdunkel, und ich knipste meine

Taschenlampe an, die ich immer dabeihabe. Es verblüffte mich, wie eng der Gang war. Hier lag ein Haufen leerer Säcke, die noch auf ihre stinkende Füllung warteten. Ich zwängte mich daran vorbei und machte mich auf den Weg durch den schmalen, gewundenen Gang. An den riesigen Spinnennetzen erkannte ich, dass hier seit Jahren kein Mensch gewesen war. Sie fühlten sich an wie klebrige Bindfäden, die sich in meinen Haaren verfingen. Große fette Spinnen baumelten daran. Ich war froh, dass Wanda nicht dabei war, denn sie kann Spinnen nicht ausstehen, und wenn eine mal auf ihr landet, schreit sie so gellend, dass mir immer fast die Ohren abfallen.

Doch als ich um die nächste Biegung kam, wünschte ich sehnlichst, Wanda wäre doch mitgekommen. Ich hörte nämlich ganz in der Nähe plötzlich ein tiefes, grollendes Knurren und erschrak dermaßen, dass mir die Taschenlampe aus der Hand fiel. Im Fallen glitt der Lichtstrahl an zwei funkelnden Augen vorbei. Ich wagte nicht mich zu bewegen. Das lang gezogene Knurren ließ mir die Haare zu Berge stehen, zwei grüne Augen blitzten mich aus der Dunkelheit an. Das war *nicht* Pusskins. Pusskins gibt ja komische Laute von sich, aber noch nie habe ich sie *knurren* gehört. Außerdem würden sich ihre Augen nicht einen knappen Meter über dem Boden befinden wie diese hier. Was es auch sein mochte, es war ein ganzes Stück größer als Pusskins, das war klar.

Eine Ewigkeit schien zu vergehen, während die Augen mich anstarrten und ich zurückstarrte. Aber ich hatte nicht etwa meinen abschreckenden gemeinen Blick aufgesetzt oder so. Ich starrte nur, weil ich mich nicht traute wegzuschauen. Und ich getraute mich nicht wegzuschauen, weil ich inzwischen begriffen hatte, was das war – es waren die Augen eines *Werwolfs*. Wenn man aber dem

Blick eines Werwolfs auch nur für den Bruchteil einer Sekunde ausweicht, setzt der Werwolf zum Sprung an. Der einzige Ausweg ist, dass man sich langsam und vorsichtig rückwärtsbewegt und dann um sein Leben rennt.

Und genau so machte ich es.

Ich ließ meine Taschenlampe liegen, wo sie war, und rannte und rannte.

Direkt in den Haufen Fledermauskot hinein.

Igitt!

~2~

Donner

Wanda glaubte mir nicht, dass ich einen Werwolf gesehen hatte.

Ich fand sie im Boilerraum, wo sie mit einer Tüte Gummibären saß und sich die Hände am Boiler wärmte. Besonders eifrig hatte sie nicht nach Pusskins gesucht, wenn ihr mich fragt. Ich kam also in den Boilerraum gestürmt, von oben bis unten voll Fledermauskot, und Wanda freute sich kein bisschen, mich zu sehen.

»Iiihhh!«, machte sie und sprang beiseite. »Bleib mir bloß mit diesem Zeug vom Leib! Und pass auf, dass du den Boiler nicht dreckig machst! Sonst kriegt Mama einen Wutanfall.«

Wandas Mutter Brenda kümmert sich jetzt nämlich immer um den Boiler. Sie macht das sehr gut, der Boilerraum sieht jetzt richtig ordentlich aus. Der Boiler selbst ist auf Hochglanz poliert, der Boden sauber gewischt, immer steht eine Reihe gefüllter Kohleneimer bereit und daneben ein Wecker. Alle drei Stunden klingelt er, dann legt entweder Barry oder Brenda einen Eimer Kohle nach. Manchmal tut das sogar Onkel Drac, niemals aber Tante Tabby – was nur gut ist, weil Tante Tabby und Boiler sich absolut nicht vertragen. An diesem Tag jedoch sah es im Boilerraum nicht sehr gepflegt aus: Brenda hatte ja nur immer nach Pusskins gesucht. Jedenfalls gab der Boiler seltsam gurgelnde Laute von sich, aber wer weiß, vielleicht war es auch Wanda.

Ich luchste Wanda ein paar Gummibären ab und erzählte ihr von dem Knurren und den Werwolf-Augen. Aber sie glaubte mir nicht.

»Aber, Ar*aminta*«, sagte sie in diesem gewissen Ton, den sie immer anschlägt, wenn sie mir etwas erklärt, was ich ihrer Meinung nach nicht weiß. »Es ist doch bekannt, dass Werwölfe bei Tag ganz gewöhnliche Menschen sind, deshalb kann es kein Werwolf gewesen sein! Und *wenn* es einen Werwolf im Spukhaus gäbe, dann müsste das jemand sein, der hier wohnt. Zum Beispiel deine Tante Tabby. Oder du. Und eigentlich«, sagte sie, wobei sie mich merkwürdig ansah, »könnte ich mir ganz gut vorstellen, dass *du* es bist.«

Es ist mühsam, dass man Wanda immer alles erklären muss, aber inzwischen habe ich mich daran gewöhnt. »Sieh mal, Wanda«, sagte ich sehr geduldig, »es ist sonnenklar, dass ich es gar nicht sein *kann*. Ich würde es doch wissen, wenn ich ein Werwolf wäre! Und außerdem – wenn *ich* ein Werwolf wäre, wärst *du* wahrscheinlich nicht mehr da. Ich glaube, ich hätte dich längst zum Abendessen verputzt.«

Wanda antwortete nicht. Sie stopfte sich wieder eine Handvoll Gummibärchen in den Mund und bot mir kein einziges an. Also erzählte ich ihr mehr von dem Werwolf. »Es war schrecklich! Du hättest dich unwahrscheinlich gefürchtet. Er hat geknurrt und er hatte große gelbe Reißzähne und zotteliges verfilztes Fell. Und Klauen. Und gesabbert hat er. *Literweise* Spucke. Alles auf den Boden.« Diese Einzelheiten hatte ich zwar nicht alle so direkt gesehen, aber nach den Abbildungen in meinem *Handbuch über Werwölfe* musste es ungefähr so gewesen sein.

Allmählich wirkte Wanda doch ein bisschen ängstlich. »Wirklich?«, fragte sie und schluckte den letzten Gummibär hinunter.

Ich nickte.

»Stell dir vor, er schleicht sich gerade an uns heran!«, flüsterte sie und sah sich um.

Daran hatte ich eigentlich noch gar nicht gedacht. Ich hatte mich immer darauf verlassen, Barry und sein Haufen Fledermauskot würden ausreichen, um jeden Werwolf abzuhalten, aber nun kam ich langsam doch zu der Überzeugung, den Keller für alle Fälle erst mal zu verlassen. In diesem Augenblick geschah etwas wirklich Gruseliges: Es gab einen Knall, und alle Lichter fingen zu flackern an – aus, an, aus, an. Wanda schrie wie am Spieß, und wir rannten los.

Auf der Kellertreppe stießen wir mit Brenda zusammen.

»Wanda, Araminta«, sagte sie, »wir haben ein schweres Gewitter. Kommt in die Küche, dort ist es sicher.« Brenda packte uns am Kragen und führte uns in die Dritte-Küche-rechts-um-die-Biegung-neben-dem-Boilerraum. Bevor wir uns versahen, saßen wir am Tisch und aßen Brendas Sandwiches mit Ei und Salat – nur dass der Salat in meinem Sandwich rätselhafterweise herausrutschte und auf den Boden fiel. Salat schmeckt bei uns im Spukhaus immer nach Fledermauskot, weil Tante Tabby ihr Salatbeet damit düngt. Igitt! Und jetzt, wo Brenda im Hinterhof eine Schar verrückter Hühner hält, sind ihre Sandwiches immer noch zusätzlich mit Ei belegt. Ei und Banane, Ei und Marmelade, Ei und Erdnussbutter, Ei und Frosch – nein, so weit ist es noch nicht, aber das kommt bestimmt auch noch. Ich mag Ei-Sandwiches nur, wenn ich Käse-Zwiebel-Chips dazu essen und so den Ei-Geschmack überdecken kann. Deshalb ging ich zum Schrank, in dem ich meine Chips aufbewahre, *aber sie waren restlos verschwunden.*

»Sssmachsdnda?«, nuschelte Wanda und sprühte Ei-Krümel über den ganzen Tisch.

»Sprüh nicht dein Ei über den Tisch, Kind«, ermahnte Brenda sie.

»Ich suche meine Chips«, sagte ich frostig.

»Die sind nicht da«, sagte Wanda, die mir immer gern Dinge erklärt, die – wie Onkel Drac sagt – *offensichtlich* sind.

»Du hast sie wohl wieder an Pusskins verfüttert?«, fragte ich.

»Weißt du etwa, wo Pusskins ist, Wanda?«, fragte Brenda und sah Wanda ein wenig misstrauisch an. Sie führte sich fast schon auf wie Barry damals mit seinen Fröschen.

»Nein!«, sagte Wanda. »Araminta erzählt mal wieder Märchen.«

»Gar nicht wahr.«

»Doch!«

»Nein!«

»Mädchen, Mädchen«, rief Brenda, »lasst doch die Streiterei, ich bitte euch. Aaach du meine Güte!«

Ein gewaltiger Donnerschlag erschütterte das

Haus, sämtliche Lichter erloschen und aus dem Dunkel läutete geisterhaft das Telefon ... läutete ... und läutete.

Brenda und Wanda gingen schleunigst unter dem Tisch in Deckung, aber ich verkrieche mich nie unter Tischen.

»Ich gehe nach oben«, verkündete ich, »damit ich die Blitze sehen kann.«

Auf halbem Weg traf ich Sir Horace. Er war auf dem Treppenabsatz. Sir Horace ist mein absoluter Lieblingsgeist. Wir haben noch einen zweiten, aber den finde ich nicht besonders unterhaltsam, auch wenn Wanda ihn gut leiden mag. Er heißt Edmund und lebt im Geheimgang hinter dem Boiler. Sir Horace dagegen ist wundervoll. Er lebt in einer alten Rüstung und steht meistens irgendwo im Haus herum. Er kann nicht gut Treppen steigen und vergisst immer wieder, dass er bis ganz nach oben tagelang braucht – dafür geht er versehentlich manchmal recht schnell hinunter.

Ich blieb neben Sir Horace stehen, klopfte behutsam an seine Rüstung und fragte: »Sind Sie wach?« Oft macht Sir Horace nämlich ein Nickerchen im Stehen, und man tut gut daran, ihn nicht im Schlaf zu überraschen. Sonst macht er vor Schreck einen Hüpfer, und dann fallen Teile seiner Rüstung ab. Nicht auszudenken, wenn Sir Horace ausgerechnet auf halber Treppe Teile seiner Rüstung verlöre! Letzte Woche, als er schon die zweitoberste Stufe erreicht hatte, sprang die Feder aus seinem linken Knie, und er stürzte die ganze Treppe hinunter. Es war wirklich nicht meine Schuld, ich kam nur zufällig in diesem Augenblick vorbei, aber niemand glaubte mir. Den Rest des Tages durfte ich Sir Horace wieder zusammenbauen.

»Guten Morgen, Fräulein Spuk.« Seine dröhnende Stimme drang unter dem Helm hervor.

»Es ist nicht mehr Morgen, Sir Horace«, sagte ich, »sondern fast Mittag.«

»Tatsächlich? Nein, wie beim Treppensteigen die Zeit verfliegt!«

»Sir Horace«, sagte ich schnell, denn Sir Horace redet gern und viel, und man kommt am besten gleich zur Sache, wenn man ihn etwas fragen will. »Haben Sie hier schon mal einen Werwolf gesehen?«

Wieder gab es einen Donnerschlag, die Lichter gingen an, flackerten und verloschen wieder.

»Was für einen Wolf?«, fragte Sir Horace.

»Einen *Wer*wolf.«

»Wer? Ah so, ja, das ist allerdings die Frage, Fräulein Spuk. Wer findet heutzutage noch Wölfe? Zu meiner Zeit haben wir sie in kalten Winternächten vor dem Burgtor heulen hören. Laut und gruselig. Das Blut stockte einem in den Adern ...«

»Wow! Wirklich, Sir Horace?«

»Ja, meistens, Fräulein Spuk. Ach ja, das waren Zeiten. Weißt du, dass ich einmal ein verlassenes Wolfsjunges gefunden habe?«

»Ach ja?« Das war interessant.

»Allerdings, Fräulein Spuk. Sein Bein war verletzt und das Wolfsrudel hatte es verlassen. Da habe ich es mit nach Hause genommen und aufgezogen. Ein wundervoller Gefährte ...« Sir Horace seufzte wie immer, wenn er sich an alte Zeiten erinnert, in seinem Fall handelt es sich sogar um uralte Zeiten. »Nun«, sagte er, »ich muss weiter.« Ruckartig streckte er einen Fuß aus und stellte ihn auf die nächste Stufe. Er wirkte sehr hinfällig.

»Soll ich Ihnen helfen, Sir Horace?«, fragte ich.

»Das wäre mir ganz recht, Fräulein Spuk«, meinte Sir Horace, und seine Stimme klang, als ob er dabei lächelte. Ich nahm ihn also am rechten Arm – sehr vorsichtig –, und im Nu waren wir oben. »Hier entlang, wenn du so freundlich sein willst, Fräulein Spuk«, sagte Sir Horace und ich ging mit ihm zu der kleinen Geheimtür unter der Dachbodentreppe.

Jetzt ahnte ich, wohin Sir Horace unterwegs

war: Er wollte zu seinem Geheimzimmer. Ich half ihm, die kleine Tür zu öffnen, sah zu, wie er sich hineinzwängte, und schloss die Tür hinter ihm. Ich lauschte seinen Schritten, die im Geheimgang hinter der Holzvertäfelung allmählich schwächer wurden. Plötzlich gab es wieder einen ohrenbetäubenden Donnerschlag, und mir fiel ein, dass ich eine dringende Verabredung mit den Blitzen hatte.

Ich rannte den Gang entlang, zwischen zwei schäbigen Vorhängen hindurch und am Monsterbad vorbei. Ich lief durch den Zickzackgang, sprang über die Falltür, die nirgendwohin führt, kletterte die alte Apfelleiter hinauf und stieg auf den Vorsprung. Und endlich stand ich vor der alten Tür zum Spukturm. Ich drehte den Schlüssel um und ging hinein.

~3~

Blitz

Im Spukhaus gibt es viele Türme, aber zum Beobachten von Gewittern eignet sich am besten der Spukturm. Es spukt dort nicht richtig. Jedenfalls habe ich in diesem Turm noch nie einen Geist gesehen, obwohl ich auch dort schon stundenlang auf der Lauer gelegen habe. Aber er ist der höchste Turm und die Spitze so nah am Himmel, dass man das Gefühl hat, man wäre direkt im Auge des Sturms. Das ist sehr aufregend.

Wenn man die kleine Tür geöffnet hat – die gespenstisch knarrt, ungefähr so: Eeehiiihiiiaaah … oooh –, geht man eine bröcklige, spinnwebverhangene Treppe hinauf, darf aber nicht auf die dritte und nicht auf die siebte Stufe treten: Die sind morsch, weil hier ein paar Prachtexemplare von Holzwürmern leben. Die dunkle steile Treppe macht zwei Biegungen. Oben hängt ein verstaubter alter Samtvorhang, der von angriffslustigen Motten bewohnt ist. Sie werden nicht gern gestört und bombardieren einem im Sturzflug den Kopf, deshalb schiebt man sich am besten ganz langsam und vorsichtig durch den Vorhangspalt. Oben im Turm muss man immer an den Wänden entlanggehen, weil in der Mitte ein großes Loch im Boden klafft, dort ist einmal eine Badewanne durchgekracht. Tante Tabby hat früher eine Menge alter Badewannen da oben aufbewahrt, aber nach diesem Vorfall musste Barry ihr helfen, sie herunterzuschaffen.

Während ich also vorsichtig an der Wand des Turmzimmers entlangging, sah ich zu meiner Freude einen leuchtenden Blitz über den Him-

mel zucken. Ich blieb stehen und zählte die Sekunden bis zum Donnerschlag. Nicht einmal zwei, eher eine und eine halbe. Das bedeutete, dass der Höhepunkt des Unwetters – der besonders spannende Teil, wenn die Blitze direkt über einem dahinjagen – fast erreicht war. Toll, dachte ich, da bin ich gerade rechtzeitig gekommen. Ich stieg auf eine alte Kiste, sodass ich aus dem Fenster sehen konnte. Es ist sehr hoch gelegen und außerdem sehr schmutzig, weil Tante Tabby keine Fenster putzt – saubere Fenster lassen das Licht herein und Tante Tabby ist der Ansicht, Häuser sollen schön düster sein; das ist auch der Grund, weshalb sie alles braun streicht. Wahrscheinlich würde sie sogar *mich* braun anstreichen, wenn ich lange genug stillhalten würde.

Ich rieb ein Guckloch in die Staubschicht auf der Scheibe und schaute hinaus. Es war noch nicht einmal Zeit zum Abendessen, und trotzdem war es draußen fast dunkel. Schwere graue

Wolken hingen am Himmel und dicke Regentropfen fielen. Das perfekte Gruselwetter.

Durch den Regenschleier und das schmutzige Fenster sah ich in der Ferne die Scheinwerfer eines Autos. Ich rechnete damit, dass sich die Lichter auf der Hauptstraße weiterbewegen würden, doch zu meiner Verblüffung bog der Wagen in die Nebenstraße ein, die am Spukhaus vorbeiführt. Wohin mochte der unterwegs sein? Es fahren nicht viele Autos bei uns vorbei, seit Tante Tabby ein Schild vor dem Haus aufgestellt hat: *Vorsicht! Nicht detonierte Minen!* Der Wagen näherte sich langsam, so langsam, als suche der Fahrer etwas, und dann blieb er stehen – direkt vor unserem Gartentor.

In dem Augenblick, als der Wagen am Spukhaus vorfuhr, gab es einen enormen Donnerschlag. Ein blendend weißer Blitzstrahl schoss vom Himmel und traf das Auto. Es war umwerfend! Vor dem Wagen zischte eine blaue Flamme auf, und atemlos wartete ich auf die Explosion.

Aber es war enttäuschend – nichts passierte. Von Explosion keine Spur. Stattdessen regnete es jetzt wie aus Kübeln, und das Auto zischte nicht einmal! Es war ein unheimlicher Wagen. Er war sehr lang, und ich war mir si-

cher, dass ich solche Wagen schon gesehen hatte, ohne dass ich hätte sagen können, wo. Weil von meinem Atem die Scheibe anlief, rieb ich das Guckloch noch einmal blank, und da konnte ich ihn deutlicher sehen. Der Wagen vor dem Spukhaus war ein Leichenwagen! *Mit einem Sarg darin.*

Jetzt hätte ich gern Wandas Fernglas gehabt. Schemenhaft konnte ich drei Leute in

dem Leichenwagen mit dem Sarg erkennen: ein Mädchen, das fast erwachsen aussah, ein kleiner Junge und eine alte Dame. Der Fahrer saß allein vorn; er trug einen Zylinder und hatte ein sehr weißes Gesicht, das geradezu durchs Fenster schimmerte.

Die ganze Zeit, während ich den Leichenwagen beobachtete, grollte noch der Donner am Himmel, und in der Ferne zuckten ab und zu Blitze durch die Wolken. Der Regen fiel jetzt prasselnd, er drang durch den morschen Fensterrahmen herein und spritzte auf meine Socken. Mit dem Ärmel wischte ich das Fenster sauber, und als ich wieder hinaussah, war der weißgesichtige Fahrer ausgestiegen. Er spannte einen riesigen schwarzen Schirm auf und hielt der alten Dame die Wagentür auf. Sie stieg ganz vorsichtig aus dem Leichenwagen, nach ihr der kleine Junge und zuletzt das fast erwachsene Mädchen.

Obwohl ich nicht mehr Detektivin werden

wollte, sondern Werwolf-Jägerin, trainiere ich meine detektivischen Fähigkeiten trotzdem noch ganz gern, wenn ich die Gelegenheit bekomme. Ich schloss also, dass die Leute in dem Leichenwagen unterwegs zu einem Begräbnis sein mussten. Das war ziemlich eindeutig, denn auf dem Rückweg vom Begräbnis wäre kein Sarg im Wagen gewesen. Und dass sie zu einem Begräbnis fuhren und nicht etwa mit dem Sarg eine Spazierfahrt bei Gewitter machten, war klar, weil sie schwarz gekleidet waren und Hüte trugen. Die alte Dame hatte einen Schleier vor dem Gesicht und der kleine Junge eine komische schwarze Kappe auf dem Kopf. Ich sah, wie das fast erwachsene Mädchen aus dem Leichenwagen stieg. Sie trug einen tollen schwarzen Hut, der auf ihrem Hinterkopf saß, und ein schwarzes, fast bodenlanges Kleid – so eins könnte mir glatt gefallen, wenn ich groß wäre. Sie hob den Saum ein wenig an, um der großen Pfütze auszuweichen, die sich bei Regen immer vor unserem

Gartentor bildet, und dann balancierte sie auf Zehenspitzen mit der alten Dame unter dem Regenschirm den Weg entlang, während der kleine Junge im Regen hinterhertrödelte und ein Gesicht machte, als wäre er am liebsten sonst wo, nur nicht hier.

Ein Blitz erhellte den violetten Himmel, kurz darauf krachte direkt über unserem Haus der Donner. Weit unten hörte ich das Klingeln der Türglocke.

He! Mitten in einem Unwetter stand ein Leichenwagen mit einem Sarg und unheimlichen Besuchern vor unserem Haus. Was konnte es Besseres geben?

~4~

Die Leute aus dem Leichenwagen

Gleichzeitig mit Tante Tabby rannte ich zur Haustür hinunter – genauer gesagt stieß ich mit ihr unter der Luke zusammen, als sie gerade vom Dach hereinstieg. Sie war tropfnass und nicht in bester Laune. Wir liefen um die Wette in die Eingangshalle hinunter – es endete unentschieden, und nur weil Tante Tabby längere Arme hat als ich, erreichte sie den Türgriff als Erste. Von Brenda war keine Spur zu sehen, und da sie sich sonst bei solchen Gelegenheiten immer ein Rennen mit Tante Tabby liefert, vermutete ich, dass sie noch mit Angsthase Wanda unter dem Küchentisch saß.

Tante Tabby öffnete also die große alte Eingangstür – und wurde blass. Ihr Mund klappte auf, aber sie sagte kein Wort. Das war für Tante Tabby vollkommen untypisch – sie weiß nämlich immer etwas zu sagen, auch wenn man sich noch so sehr wünscht, es würde ihr mal nichts einfallen.

Die vier Fremden standen draußen im Regen und starrten Tante Tabby und mich an. Sie lächelten nicht und sie sagten nichts. Sie hatten totenbleiche Gesichter und schmale Augen und mir kam es vor, als durchlöcherten sie uns mit ihren Blicken. Unwillkürlich musste ich an die morschen Stufen im Turm denken, die der Holzwurm durchlöchert hatte. Es war beklemmend.

Tante Tabby gab einen Laut von sich, halb Hüsteln, halb Krächzen, der fast alles bedeuten konnte. Niemand antwortete. Von den fernen Blitzen kam ein merkwürdiger gelber Licht-

schein, und es goss ununterbrochen. Der Regen rann den stummen Leuten über die Gesichter und tropfte von ihren Nasenspitzen.

Plötzlich wachte Tante Tabby auf. Sie schüttelte sich und rief in fast panischem Ton: »Dra-ac! Drac! Deine Mutter ist da!«

Wow! Ich hatte keine Ahnung gehabt, dass Onkel Drac eine *Mutter* hat.

Sehr höflich fand ich Tante Tabby nicht. Zu mir sagt sie immer: Man *schreit* nicht nach jemandem, Araminta, man geht hin und *bittet* ihn freundlich zu kommen. Außerdem hatte sie die Besucher nicht einmal hereingebeten, obwohl die alte Dame ihre Schwiegermutter und deshalb meine Großtante war. Ich beschloss also, höflich zu sein und Tante Tabby zu zeigen, wie man sich benimmt.

»Guten Tag, Großtante«, sagte ich, da ich nicht wusste, wie sie hieß. »Willkommen im Spukhaus! Bitte kommt rein.« Ich trat zurück – leider direkt auf Tante Tabbys Zehen –, und Tante

Tabby schrie auf. Aber ich muss das Richtige gesagt haben, denn die alte Dame marschierte ins Haus. Sie war irgendwie furchterregend, aber noch furchterregender war das doppelköpfige tote Frettchen, das sie um den Hals trug und das mich mit seinen vier Glasaugen anstarrte, während die Großtante an mir vorbeirauschte. Der Fahrer schüttelte den Regenschirm aus, stellte ihn sorgfältig in den Monster-Schirmständer neben der Tür und ging zum Wagen zurück.

Der kleine Junge, der aussah wie eine ertrunkene Ratte, kam als Nächster hereingeschlurft und nach ihm das fast erwachsene Mädchen. Sie trug schwarze Spitzensöckchen und süße schwarze Stiefelchen. Ich lächelte ihr zu und sie deutete so etwas wie ein Lächeln an – glaube ich. Dann standen die drei nebeneinander in der Halle und sagten nichts. Das einzige Geräusch war das Tropfen des Wassers auf dem Fußboden.

Wieder krachte der Donner, und plötzlich schlug die Haustür zu. *Peng!* Tante Tabby und ich machten vor Schreck einen fast meterhohen Satz.

Und dann sprach Onkel Dracs Mutter. »Nun, Tabitha«, sagte sie mit kratziger Stimme. »Wir sehen uns also wieder.« Es hörte sich nicht so an, als wäre sie besonders erfreut darüber.

Tante Tabby japste wie einer von Barrys Fröschen, dann zischte sie mir ins Ohr: »Wo *ist* denn Drac? Hol ihn, Araminta. Schnell!«

Eigentlich wollte ich nicht weg, weil mich diese unheimlichen Verwandten wirklich faszinierten, aber ich sah ein, dass Tante Tabby Hilfe brauchte, und zwar dringend. Ich lief also die große Treppe hinauf und über den oberen Flur bis zu der kleinen roten Tür, die in Onkel Dracs Turm führt.

Onkel Drac schläft normalerweise am Tag, weil er das Licht nicht besonders mag. Gegenüber vom Spukturm ist ein zweiter hoher Turm, und hier hält Onkel Drac seine Fledermäuse. Tante Tabby versucht Onkel Drac immer wieder davon zu überzeugen, seine Fledermäuse abzuschaffen, weil Barry nicht genug Kot verkauft und der Kotberg im Turm immer höher wächst. Aber Onkel Drac liebt seine Fledermäuse. Letzten Monat hatte Tante Tabby erklärt, er müsse sich nun zwischen ihr und den Fledermäusen entscheiden, aber Onkel Drac hatte so lange für seine Entscheidung gebraucht, dass Tante Tabby beschloss, ihre Forderung zu vergessen. Die Fledermäuse blieben – und Tante Tabby blieb auch.

Ich darf eigentlich nicht in Onkel Dracs Turm, weil es sehr gefährlich ist, und gerade deshalb besuche ich ihn besonders gern. Es gibt keinen Fußboden dort: Onkel Drac hat alle Böden entfernt, damit seine Fledermäuse möglichst viel Platz zum Fliegen haben und sich wie in einer richtigen großen Fledermaushöhle fühlen können.

Vorsichtig schob ich die kleine rote Tür auf und blinzelte hinein. Onkel Drac schlief fest in seinem großen geblümten Schlafsack. Ihr fragt euch vielleicht, wo Onkel Drac seinen Schlafsack hinlegt, wenn es keinen Boden gibt, aber wahrscheinlich habt ihr es schon erraten: Er hängt ihn an den Dachsparren auf.

»Hallooo ...«, rief ich leise, denn Onkel Drac überstürzt zu wecken empfiehlt sich nicht. Es kann nämlich leicht passieren, dass er dann vor Schreck aus seinem Schlafsack springt. Das ist schon einmal vorgekommen, und zwar, als Big Bat, seine Lieblingsfledermaus, auf seinem Kopf gelandet war. Damals hatte sich Onkel Drac beide Beine gebrochen, aber sie sind inzwischen wieder heil. »Hallooo ...«, rief ich wieder. »Wach auf, Onkel Drac.«

Onkel Drac bewegte sich. »WassnlosMinty?«

»Deine Mutter ist da, Onkel Drac.«

»*Waas?*« Onkel Drac riss die Augen weit auf und wäre tatsächlich fast aus seinem Schlafsack gesprungen.

»Vorsicht!«, rief ich.

Es ging gerade noch mal gut. Onkel Drac rutschte in den Schlafsack zurück und stöhnte. »Mutter ... *hier?*«

»Ja. Sie will dich besuchen. Ist das nicht nett von ihr?«

»Nett?«, fragte Onkel Drac verblüfft. Und dann auf einmal nervös: »Ach, du ahnst es nicht! Wo ist Tabby?«

»Unten, Onkel Drac.«

»Mit *Mutter?*«

»Ja.«

Kaum hatte ich das gesagt, kletterte Onkel Drac aus seinem Schlafsack, schwang sich auf den Dachbalken, balancierte wie ein Seiltänzer zur Tür und zwängte sich hindurch. »Komm, Minty«, sagte er und nahm mich bei der Hand. »Wir dürfen Tabby keine Minute länger mit Mutter allein lassen!« Wir rannten die Treppe hinunter in die Eingangshalle.

Sie war leer. Alle waren verschwunden. Da war nur noch eine große dampfende Wasserpfütze.

Die Sache wurde immer besser. Sie hatten sich tatsächlich alle in Luft aufgelöst!

~5~

Max Spuk

Große Enttäuschung! Keiner hatte sich in Luft aufgelöst. Onkel Drac und ich fanden sie alle an dem langen Tisch in der Dritten-Küche-rechts-um-die-Ecke-neben-dem-Boiler sitzen. Brenda und Wanda hatten es inzwischen gewagt, unter dem Tisch hervorzukriechen, und Wanda goss gerade heißes Wasser in Brendas größte Teekanne; sie ist ungefähr so groß wie ein Eimer.

Die ganze Küche roch nach feuchter Wolle: Onkel Dracs Mutter, der komische kleine Junge und das fast erwachsene Mädchen saßen am Tisch und dampften still vor sich hin, während ihre schwarzen Kleider allmählich trockneten. Niemand sagte ein Wort. Tante Tabby saß an der Stirnseite des Tischs und starrte wütend vor sich hin und Onkel Dracs Mutter musterte sie so eingehend, wie Tante Tabby mich manchmal mustert.

Jetzt fiel mir auch auf, dass man Onkel Dracs Mutter unmöglich für jemand anderen halten könnte, auch nicht in einer Million Jahren. Sie sah genauso aus wie er. Das gleiche eckige, blasse Gesicht und die gleichen schimmernden spitzen Zähne, die ein Stückchen aus den Mundwinkeln ragten – nur, dass sie nicht lächelte wie Onkel Drac. Sie machte ein finsteres Gesicht. Genau wie das doppelköpfige Frettchen.

Das fast erwachsene Mädchen fand ich sehr interessant. Ihr langes dunkles Haar war mit schwarzen Bändern durchflochten, und besonders gut gefiel mir ihr schwarzes Hütchen, das rundum mit schwarzer Spitze und mit Federn aufgeputzt war. Ich glaube, ich hatte auch eine ausgestopfte Maus darauf gesehen, aber da war ich mir nicht ganz sicher und allzu auffällig wollte ich nicht hinsehen. Das Mädchen machte den Eindruck, als würde sie das nicht sehr schätzen.

Der kleine Junge war merkwürdig. Er hatte Schielaugen, und sein blasses Gesicht war so kalkweiß, als wäre er noch nie auch nur eine Minute draußen in der Sonne gewesen. Sein glänzendes schwarzes Haar war zurückgekämmt, man konnte sogar noch die Kammspuren darin erkennen. Er hatte einen gestärkten weißen Kragen um den Hals, trug eine Krawatte und eine zugeknöpfte Jacke. So saß er auf *meinem* Stuhl und baumelte mit seinen kurzen Beinen. Er war rundlich und kaute Bonbons. Ich sah, dass er in jeder Tasche eine pralle Tüte Bonbons stecken hatte, aber er dachte gar nicht daran, Wanda und mir welche anzubieten.

Ich zog meine feindselige glupschäugige Frosch-Grimasse, aber er sah mich nur an und verzog keine Miene. Er blinzelte nicht einmal! Das war mir noch nie passiert.

Plötzlich brach Onkel Drac das Schweigen. »Hallo, Mutter«, sagte er. »Du erinnerst dich sicher an Araminta.« Und zu mir sagte er: »Minty, das ist deine Großtante Emilene.«

Ich lächelte ihr zu und wollte sie gerade noch einmal begrüßen, da schnaubte Großtante Emilene wie ein Kamel und sagte: »Ich erinnere mich an Araminta. Sonderbares Früchtchen.«

Aha. Ich bedachte also auch sie mit einer feindseligen glupschäugigen Frosch-Grimasse, und das fast erwachsene Mädchen lächelte beinahe.

»Und das hier, Minty, sind deine Cousine Mathilda und dein Cousin Maximilian«, sagte Onkel Drac.

Onkel Drac hatte schon manchmal von ihnen gesprochen, aber kennengelernt hatte ich sie noch nicht. »Hallo«, sagte ich. Mathilda lächelte rätselhaft und Maximilian schob sich noch ein Bonbon in den Mund und kaute unbeirrt weiter. Dass das fast erwachsene Mädchen meine Cousine war, freute mich, aber den kleinen Jungen hätte ich nicht unbedingt gebraucht.

Großtante Emilene ließ noch einmal ihr Kamelschnauben hören und dann sagte sie vernehmlich: »Nun, du bist blass, Drac. Ich sehe, dass dich Tabitha immer noch nicht ordentlich versorgt.«

»Oh ... äh ...« Onkel Drac schien nicht zu wissen, was er sagen sollte, und Tante Tabby sagte gar nichts, was mich wirklich verblüffte.

»Ich habe keine Antwort auf meinen Brief bekommen, Drac«, sagte seine Mutter streng.

Onkel Drac blinzelte. »Was für ein Brief?«, fragte er.

»Keine Ausflüchte, Drac. Weil ich also, wie gesagt, keine Antwort erhalten habe, komme ich selber. Maximilians Eltern sind zu einem dringenden Auftrag abberufen worden. Ich nehme an, du weißt, wie erfolgreich sich ihr Gewerbe der Geisterjagd inzwischen entwickelt hat. Wahrscheinlich sehr viel erfolgreicher als der Fledermauskot-Handel.«

Sie schnüffelte unüberhörbar und ich fand, dass Onkel Drac verärgert aussah. Aber sie machte sich nichts daraus, sondern redete weiter mit ihrer kratzigen Stimme, die sich wie das Quietschen von Kreide auf einer Wandtafel anhörte. »Nun, Drac, wie ich also in meinem Brief geschrieben habe, muss Mathilda aufs College; was mich betrifft, so habe ich eine Kreuzfahrt gebucht und ich habe *nicht* die Absicht, sie zu stornieren. Maximilians Koffer ist im Wagen. Du kannst Perkins helfen, ihn auszuladen, und dann bin ich mit Mathilda verschwunden.«

Bei dem Wort *verschwunden* sah ich Tante Tabby leise lächeln, doch Onkel Drac machte ein Gesicht, als hätte er einen Schlag über den Kopf bekommen. »Koffer?«, fragte er.

Seine Mutter seufzte so, wie Tante Tabby seufzt, wenn ich etwas sage, was ihr nicht gefällt. »Hilf Perkins beim Ausladen, Drac, ja?«

Da stellte Brenda die Teekanne so hart auf den Tisch, dass alle und alles, einschließlich der Tassen, einen Satz machten.

»Huch, Entschuldigung, wie ungeschickt von mir«, zwitscherte sie nervös. Sie fing an, Tee in die Tassen zu gießen, und ich setzte mich an den Tisch. Wanda setzte sich neben mich, beugte sich herüber und sagte mir ins Ohr: »Wird doch bestimmt lustig, wenn Maximilian bei uns wohnt, was meinst du, Araminta? Ich habe ihm schon gesagt, er kann unser Samstagszimmer haben.«

»Waas?«, japste ich. Das Samstagszimmer ist mein Lieblingszimmer.

»Es wird bestimmt lustig«, wiederholte Wanda, der anscheinend noch nicht aufgefallen war, dass es meiner Meinung nach alles andere als lustig werden würde. »Wir können dann ja am Samstag noch einmal in unserem Freitagszimmer schlafen. Wie aufregend!«

Doch Wandas Vorstellung davon, was aufregend ist, stimmte nicht unbedingt mit *meiner* Vorstellung überein.

Ich sah Tante Tabby an – dazu würde sie ja

doch wohl etwas sagen! Aber sie sagte kein Wort. Sie saß einfach nur da wie ein Goldfisch, dem man gerade das Wasser ablässt.

»Äh ... Koffer. Also dann ... äh, geh ich mal und hole ihn«, nuschelte Onkel Drac. Er trank mit einem Zug seinen Tee aus und stand auf. Sein Stuhl kratzte über den Boden, aber dieses Geräusch fand ich immer noch besser als das abscheuliche Schlürfen, mit dem Großtante Emilene ihren Tee trank – sie hörte sich dabei an wie ein Staubsauger.

Auf gar keinen Fall wollte ich länger hier in der Küche bei Wanda Gaukel-Wizzard bleiben, die den kleinen Jungen angrinste, als wäre er ihr neuer bester Freund. Ich sagte also: »Ich helfe dir, Onkel Drac.«

»Ach wirklich, Minty?« Onkel Drac sah erleichtert aus. Er nahm meine Hand und wir sausten aus der Küche, als wäre ein ganzes Rudel Werwölfe hinter uns her.

Draußen schüttete es, aber den Donner, der

immer noch in der Ferne rumpelte und grummelte, fand ich toll. Perkins war auf dem Fahrersitz eingeschlafen. Sein Mund stand weit offen und er schnarchte laut. Onkel Drac klopfte ans Fenster, aber da Perkins' Schnarchen fast so laut wie der Donner war, bestand nicht die geringste Chance, dass er uns hören würde.

»Du musst richtig fest ans Fenster hauen«, sagte ich zu Onkel Drac, der eher schüchtern ist und alles Laute normalerweise Tante Tabby überlässt. Weil er keine Anstalten machte, schlug ich kräftig ans Fenster und zog direkt vor der angelaufenen Scheibe meine schieläugige Froschmaul-Grimasse.

Es funktionierte. Perkins machte einen Satz, als hätte ihn etwas gestochen, sein Zylinder wurde gegen die Decke gequetscht, aber dann setzte er sich hastig aufrecht hin. Er kurbelte das Fenster herunter und sagte: »Jaaa?« Seine tiefe hohle Stimme hätte Wanda Angst gemacht, aber mir natürlich nicht.

Onkel Drac hüstelte und sagte: »Wir kommen wegen Maximilians Koffer.«

Perkins, der aus der Nähe wie ein Skelett aussah, machte die Tür auf und hätte uns beinahe umgestoßen. Dann öffnete er die Hecktür des Leichenwagens und zog an dem Sarg. »Ein wenig Hilfe käme nicht ungelegen«, sagte er mit seiner unheimlichen Stimme.

Onkel Drac und ich sahen uns an. Wer war in dem Sarg? Und warum sollte er im Spukhaus begraben werden?

»Nicht den ... Sarg«, sagte Onkel Drac. »Maximilians Koffer.«

Perkins musterte Onkel Drac, als wolle er sagen: Mein Gott, bist du schwer von Begriff! »Das *ist* Maximilians Koffer«, sagte er laut.

Onkel Drac und ich hievten den Sarg über die bröckeligen Stufen zum Spukhaus, während das Skelett Perkins uns aus der Sicherheit seines trockenen Wagens durch das angelaufene Fenster beobachtete. Wir stolperten zur Eingangstür hinein und setzten den Sarg mit einem dumpfen Schlag in der Halle ab. Sofort kam Tante Tabby angelaufen.

»Was ist denn *das?*«, fragte sie und sah fassungslos den Sarg an.

»Koffer«, keuchte Onkel Drac, ließ sich schwer darauffallen und wischte sich das Wasser aus den Augen. »Habe ich mit Minty reingetragen.«

Ich hatte noch nie gesehen, dass Tante Tabby ein Gesicht wie ein verschrecktes Pferd machen kann, deshalb war ich sehr gespannt darauf, was sie jetzt sagen würde. Aber sie rollte nur mit den

Augen und gab eine Art enttäuschtes Wiehern von sich – wie ein Pferd, das keinen Würfelzucker bekommen hat.

Da erschien Wanda. *Sie hielt Maximilian an der Hand.*

Er latschte neben ihr her und hatte Mühe, ihr mit seinen kurzen Beinchen, die noch kürzer waren als die von Wanda – wenn das überhaupt möglich ist –, zu folgen. Sie zog ihn durch die Eingangshalle und steuerte auf die große spinnwebverhangene Treppe zu. »Komm, Max«, sagte sie, und dabei hörte sie sich an, als wolle sie einen von Barrys Fröschen zu einem besonders schwierigen Sprung animieren. »Ich zeig dir jetzt dein Zimmer. Wir nennen es unser Samstagszimmer, und es ist einfach toll. Ich muss es mit Araminta teilen, aber du kannst es ganz für dich haben.«

Max wirkte nicht sehr begeistert. Er starrte mich an, und je mehr Wanda an ihm zerrte, desto mehr sperrte er sich dagegen. In diesem

Moment verstand ich ihn gut, denn wer will sich schon von Wanda Gaukel-Wizzard irgendwohin ziehen lassen? Aber sie zog unbeirrt weiter.

»Achte nicht auf Araminta – die macht immer solche Grimassen«, erklärte sie ihm laut und deutlich und sah mir dabei ins Gesicht. »Und wenn sie nicht aufpasst, wird es ihr irgendwann für immer bleiben. Würde aber wahrscheinlich sowieso keiner merken.« Damit zog sie noch einmal heftig an Max' Arm. Er gab nach, und sie verschwanden miteinander die Treppe hinauf.

Dreimal dürft ihr raten, wer den Koffer ins Samstagszimmer hinaufschleppen musste. Richtig, Onkel Drac und ich. Und weil man ihn natürlich nicht über die Strickleiter und durch die schmale Tür nach oben befördern konnte, ließ ich Wanda den Rest des Nachmittags damit zubringen, mit Max' Sachen rauf- und runterzuklettern. Das tat ihr ganz gut, denn sie hatte in letzter Zeit ein bisschen zugenommen.

Während Wanda auf diese Weise beschäftigt

war, überlegte ich. Ich hatte mich längst gefragt, wie Pusskins weiterhin meine Käse-Zwiebel-Chips fressen konnte, wo sie doch verschwunden war. Aber jetzt, als ich noch einmal darüber nachdachte, wurde mir alles klar. Nicht Pusskins fraß meine Chips, Pusskins hatte sie nie gefressen. *Es war der Werwolf.*

Wenn ich also jemals wieder Käse-Zwiebel-Chips essen wollte, gab es viel zu tun. Und ganz oben auf meiner Liste stand der Bau einer Werwolf-Falle.

6

Max und Wanda

Wenn man gerade damit beschäftigt ist, alle Utensilien für den Bau einer Falle zusammenzusuchen, besteht immer die Gefahr, dass man dabei selber eingefangen wird. Mir ist es so ergangen: Ich musste Barry helfen, die Säcke mit Fledermauskot bis zum Gartentor zu schleppen. Ich weiß wirklich nicht, warum Leute Fledermauskot kaufen wollen, aber sie kaufen ihn tatsächlich. Barry sagt, das läge an seiner geschickten Werbung – damit meint er das Etikett, das er zuoberst auf den Säcken angebracht hat. Darauf steht:

GARANTIERT
ORGANISCHER FLEDERMAUSDÜNGER
Spitzenqualität
speziell für Sie produziert
von glücklichen
Fledermäusen

Ich habe Barry einmal gefragt, woher er wisse, dass die Fledermäuse glücklich seien, und da hatte er mir erklärt, er habe noch nie von einer gehört, dass sie *un*glücklich sei. Das reiche ihm.

Inzwischen hatte der Regen aufgehört, doch als wir gerade den letzten Sack vor der Hecke abstellten, gab es noch einmal einen gewaltigen Donnerschlag und die Haustür flog krachend auf. Großtante Emilene stand oben an der Treppe, Mathilda neben ihr. Hinter ihnen sah ich Tante Tabby wie einen Torhüter hin und her springen – wahrscheinlich wollte sie verhindern, dass Großtante Emilene noch einmal umkehrte.

»Auf Wiedersehen, Mutter«, sagte Tante Tabby mit ihrer besonders höflichen Telefonstimme, mit der sie immer spricht, wenn sie von dem, was sie sagt, das genaue Gegenteil meint. »Es war *sehr* nett, dich zu sehen. Komm doch bald mal wieder! Und mach dir keine Sorgen um Maximilian, wir werden sein kleines Problem schon in den Griff bekommen. Immerhin sind wir *Araminta* gewöhnt, hahaha.«

Es freute mich, dass Großtante Emilene diese Bemerkung nicht witzig fand. Sie bedachte Tante Tabby mit einem undurchdringlichen Blick, warf sich das tote Doppel-Frettchen um den Hals, so schwungvoll, dass man die Glasaugen zusammenklickern hörte, und stolzierte die Treppe hinunter. Mathilda folgte ihr, das Skelett Perkins sprang aus dem Wagen und hielt ihnen die Tür auf. Sie fuhren ab.

Dass Mathilda wegfuhr, fand ich schade. Ich hätte nichts dagegen gehabt, wenn *sie* geblieben wäre. Während der Leichenwagen langsam an Barry und mir vorbeifuhr, blickte Großtante Emilene wie eine Statue starr geradeaus, aber Mathilda sah aus dem Fenster und winkte. Es war ein zaghaftes Winken. Ich winkte zurück.

Sie waren noch nicht weit, als der Leichenwagen plötzlich stoppte und im Rückwärtsgang die schmale Straße wieder heraufkam. Tante Tabby sah es. Sie schlug die Haustür zu, und ich bin sicher, ich hörte, dass sie den Riegel vorschob *und* die Türkette vorlegte. Na also, dachte ich. Mathilda hat es sich anders überlegt und will doch lieber hierbleiben. Aber es war nur Perkins, der ausstieg. Er sagte kein Wort. Er warf nur Geld in das Kästchen für den Fledermauskot, hievte sämtliche Säcke hinten in den Wagen, wo der Sarg gewesen war, schlug die Heckklappe zu, stieg wieder ein und fuhr endgültig davon.

»Geschickte Werbung«, sagte Barry selbstgefällig. »Das funktioniert immer.«

Weil Barry jetzt, wo er Fledermauskot verkauft hatte, gut gelaunt war, sagte ich: »Sind dir hier irgendwo schon mal Werwölfe begegnet, Barry?«

»Werwölfe? Nein. Obwohl, letztes Jahr ...«

»... hast du einen gefunden?«, fragte ich.

»... habe ich einen sehr guten Film über Werwölfe gesehen«, sagte er.

»Oh. Es war also keiner unter dem Fledermauskot versteckt? Und in den Kellergängen ist dir auch nie einer nachgeschlichen?«

»Nein«, sagte Barry. »Weil Werwölfe ja gar nicht existieren, nur in Geschichten. – So, Araminta, ich will jetzt gleich eine neue Ladung Säcke abfüllen, denn es ist nicht gut fürs Geschäft, wenn man den Vorrat ausgehen lässt. Man könnte potenzielle Kunden verlieren. Willst du mir helfen?«

»Nein, danke, Barry«, sagte ich höflich, weil ich merkte, dass er sich Mühe gab, freundlich zu sein. Ich hätte ihn gern noch ein wenig länger über Werwölfe ausgefragt – zum Beispiel, was es seiner Meinung nach *sonst* sein könnte, das sich im Keller herumtrieb, mich knurrend und mit abscheulich funkelnden Augen anstarrte und meine Käse-Zwiebel-Chips fraß. Aber ich fragte lieber doch nicht. Stattdessen wollte ich nun endlich meine Werwolffalle bauen und den Werwolf fangen. Dann würden sie mir alle glauben *müssen*.

Die Arbeit an der Falle nahm mich mehrere Tage in Anspruch. Und es war gut, dass ich etwas zu tun hatte, weil meine ehemalige beste Freundin Wanda Gaukel-Wizzard nicht mehr meine beste Freundin war. Wirklich, sie war jetzt eher meine beste *Scheinfreundin*, und ich hatte das Gefühl, sie spionierte mir nach. Wohin ich auch ging, lief sie mir über den Weg, und wo sie war, da war auch Max Spuk und folgte ihr wie ihr persönliches Hündchen. Pfui Teufel! Wanda hat jedenfalls keinen Geschmack, was Freunde angeht – mich natürlich ausgenommen. Ich bin sozusagen die Ausnahme, die die Regel bestätigt, wie Onkel Drac sagen würde.

Erst fand ich sie im *Geist-in-der-Wanne*-Bad, wo Wanda Max mit ihren akrobatischen Mäusen spielen ließ. *Ich* darf diese Mäuse nicht einmal anfassen! Sie hatten in der Badewanne einen ganzen Mäusezirkus aufgebaut und sahen beide aus, als hätten sie großen Spaß.

Später begegnete ich ihnen in dem langen Gang, der zur Hintertür führt; Wanda ließ Max auf ihrem neuen Fahrrad fahren, in dessen Nähe ich nicht einmal kommen darf. Er fiel immer wieder herunter und war eindeutig eine glatte Null im Radfahren. Doch als Wanda mich entdeckte, sagte sie da etwa: »Oh, hallo, Araminta, willst du auch mal auf meinem neuen Rad fahren?« Weit gefehlt! Sie sagte: »Oh, Araminta, darf sich Max deine Rollerskates ausleihen?«

Und dann tat sie auch noch ganz schockiert, als ich sagte: »Kommt nicht infrage!« Max warf mir ein selbstgefälliges Lächeln zu und sagte: »Macht nichts, Araminta, ich fahre sowieso nicht gern Rollerskates.«

Beim Lächeln entblößte er Vampirzähne, die über die Mundwinkel ragten! Sie waren ganz anders als die von Onkel Drac, sie waren *nadelspitz*. Genau genommen waren sie so scharf und spitz, dass sie total echt aussahen – wie echte *Vampir-Eckzähne*.

Ich starrte Max noch eine Weile an, weil ich auf einen zweiten Blick auf seine Zähne hoffte, aber er hörte auf zu lächeln und streckte mir stattdessen die Zunge heraus. Dann angelte er eine Tüte Bonbons aus der Tasche und sagte: »*Wanda*, willst du ein Bonbon?«

Und Wanda sagte: »Ooh, ja *gern*, Max. Wie schön, einen Freund zu haben, der einem Bonbons anbietet, statt sie alle allein zu essen!«

Ich hätte die Gummibären erwähnen können, aber ich verzichtete darauf. Max bot mir jedenfalls kein Bonbon an, und hätte er es getan, hätte ich es nicht angenommen. Vampirbonbons taugen nichts. Man sollte nie Süßigkeiten von einem Vampir annehmen.

Wenn Max nicht gerade Wandas Hündchen spielte, schleimte er sich bei Tante Tabby ein.

An diesem Nachmittag hatte Tante Tabby beschlossen, die Holzvertäfelung in der Eingangshalle mit zäher, glänzender brauner Farbe nachzustreichen. Eine lästige Sache, denn jedes Mal, wenn ich beim Zusammensuchen der Bestandteile für meine Werwolffalle durch die Halle ging, stolperte ich über alle möglichen Malutensilien.

»Pass auf die Farbdosen auf, Araminta!«, fuhr mich Tante Tabby an, als ich wieder einmal vorbeikam.

»Ich bin nicht einmal in die *Nähe* dieser Dosen gekommen!«, gab ich zurück.

»Du brauchst gar nicht in die Nähe zu kommen, Araminta, und sie fallen trotzdem um«, sagte sie und strich sich mit farbverschmierten Händen die Haare aus den Augen. »Es ist, als müssten sie dich nur *sehen* und schon kippen sie von selbst auf den Boden. Aber sag mal, was hältst du von dem Farbton?«

»Er ist braun, Tante Tabby«, sagte ich bereitwillig.

»Ja. Aber gefällt er dir?«

Ich mag Braun nicht. Kein bisschen. Aber das wollte ich lieber nicht so direkt sagen. Während ich noch überlegte, was ich antworten sollte, kam Max herbeigelaufen – ich bin sicher, dass er in einer düsteren Ecke gelauert und jedes Wort gehört hatte – und sagte: »*Mir* gefällt es sehr gut! Ich finde, es ist der *vollkommene* Braunton. Du hast ein wunderbares Farbempfinden, Tante Tabitha.«

Tante Tabby sah ihn strahlend an, als wäre er der beste Junge auf der Welt, und dann sagte Max mit falscher Freundlichkeit: »Darf ich bitte deine Pinsel auswaschen, Tante Tabitha? Ich wasche *so* gern Pinsel aus.«

Tante Tabby schien ganz aus dem Häuschen. »Was bist du für ein zuvorkommender Junge,

Max«, schnurrte sie. Dann betrachtete sie mich, deutlich weniger begeistert, und sagte: »Siehst du, Araminta, *das* meine ich mit höflichem, hilfsbereitem Benehmen.«

Tante Tabby und Max diskutierten weiter über verschiedene Brauntöne. Ich ließ sie stehen und widmete mich wieder meiner Werwolffalle. *Und* ich dachte über Vampire nach.

Ich überlegte Folgendes: Es gibt zwei Arten von Vampiren. Einmal die freundliche Art, zu der Onkel Drac gehört, der zwar Vampirmerkmale hat wie zum Beispiel, dass er das Tageslicht nicht leiden kann, dass er sich gern bei seinen Fledermäusen aufhält und dass aus seinen Mundwinkeln, wenn er lächelt, schöne spitze Eckzähne

herausragen. Er gehört zu der Art von Vampiren, die nicht im Traum daran denken, jemanden zu beißen, nicht in einer Million Jahren. Solche Vampire stammen nur zufällig von einer Vampirfamilie ab, das ist alles. Zum Beispiel behaupten manche Leute, ich sähe Tante Tabby ähnlich – was absolut *nicht* der Fall ist –, doch selbst wenn ich ihr ähnlich sähe, würde das noch lange nicht bedeuten, dass ich mich *verhalte* wie Tante Tabby, oder? Man kann also aussehen wie ein Vampir, muss sich aber nicht verhalten wie einer.

Dann gibt es die gefährliche Art von Vampiren. Das sind boshafte Vampire, die andere Leute beißen und denen man nicht über den Weg trauen darf. Gewöhnlich kann man boshafte Vampire daran erkennen, dass sie besonders falsch und heuchlerisch auftreten. Sie sagen anderen Leuten Freundlichkeiten ins Gesicht, meinen es aber gar nicht so. Sie lauern in dunklen Ecken und belauschen anderer Leute Gespräche, sie stellen sich hilfsbereit und aufmerksam, sodass Tanten sie sofort ins Herz schließen, sie stehlen anderen die besten Freundinnen *und sie haben nadelspitze Eckzähne*. Erinnert euch das an jemanden?

Richtig: an Max. *Vampir* Max.

Jetzt war mir klar, weshalb Max sich plötzlich so dick mit Wanda angefreundet hatte. Es ist nämlich nicht leicht, mit Wanda befreundet zu sein – ich muss es schließlich wissen. Aber Max lag in Wirklichkeit gar nichts an der Freundschaft mit Wanda; er wollte sie schlichtweg *beißen*. Und obwohl ich fand, das würde ihr recht geschehen, wollte ich nicht, dass sie gebissen würde. Dann würde sie nämlich auch ein Vampir werden, und ich glaube nicht, dass Wanda ein sehr guter Vampir wäre. Sie würde nur Scherereien machen. Außerdem würde sie dann *mich* beißen.

Es musste also dringend etwas geschehen. Die Werwolffalle musste umfunktioniert werden in eine kombinierte Werwolf-und-Vampirfalle.

7

Die Falle

Bis zum Abend hatte ich die beste Werwolf-Vampir-Kombifalle zusammengestellt, die es je gegeben hat.

Dazu gehörten:

- Eine Tüte Hundekuchen
- Ein großer Kescher
- Ein leerer Sack
- Ein langes Seil
- Eine Taschenlampe

- Eine Rolle Bindfaden (für den Fall, dass ich durch einen Geheimgang musste)
- Bleistift und Papier (für den Fall, ich käme in die Lage, eine SOS-Botschaft schreiben zu müssen)
- Eine Werwolfbrille

Es existieren bestimmt viele Werwolf-Vampir-Kombifallen, aber durch die Werwolfbrille zeichnete sich meine Falle vor allen anderen aus. Ich konstruierte sie aus einer alten Brille von Tante Tabby, die ich hinter einer Sessellehne gefunden hatte, und den Hologramm-Augen von einer meiner Geburtstagskarten vom letzten Jahr. Das Motiv auf der Geburtstagskarte sollte ein niedliches Häschen mit niedlichen Häschenaugen sein. Aber sobald man das Häschen anschaute, starrten einen die Hologramm-Augen an und man bekam das gruselige Gefühl, dass das Häschen einen beobachtete und jeden Moment zum Sprung ansetzte. Es waren nämlich gar keine niedlichen Häschenaugen, es waren *Werwolf-augen*. In der Geburtstagskartenfabrik hatte jemand die falschen Augen auf die Karte geklebt. Ich wette, irgendwo gibt es ein Kind, das eine Halloween-Karte anschaut, auf der ein Werwolf mit niedlichen Häschenaugen abgebildet ist, und es denkt: Na so was, der ist ja kein bisschen unheimlich; so einen könnte ich mir glatt als Haustier vorstellen.

Jedenfalls hatte ich die Karte aufgehoben, und als ich nun die Falle zusammenstellte, kam mir die glänzende Idee mit der Brille. Ich klebte die Werwolf-Häschen-Hologramm-Augen auf Tante Tabbys alte Brille und setzte sie auf. Viel konnte ich nicht sehen, weil Tante Tabbys Brille sowieso alle Dinge ineinander verschwimmen lässt und die Hologramm-Augen den Rest vollends unkenntlich machen. Aber ich überlegte mir, dass man mich mit diesen Augen im Dunkeln leicht für einen Werwolf halten würde. Und das konnte auf einer Werwolf-und-Vampirjagd nur von Nutzen sein, besonders, da ich annahm, dass sich Vampir Max vor Werwölfen fürchtete.

Ich fing an, Pläne zu machen. Gerade war ich im Kellergang und hielt Ausschau nach einer günstigen Stelle für meine Falle, da kamen Wanda und Max um die Ecke. Sie waren so in ihr Gespräch vertieft – und ins Bonbonlutschen –, dass sie mich nicht bemerkten.

»Komm, Wanda«, sagte Max, »du könntest mir den Fledermausturm zeigen. Ich sehe so gern Fledermäuse.«

Das passte mir nun ganz und gar nicht! Der Fledermausturm ist allein Onkel Dracs Bereich, und die Einzigen, die ihn betreten dürfen, sind Barry, der sich um den Kot kümmert, und *natürlich* ich. Boshafte kleine Vampire dürfen mit Sicherheit nicht in den Turm!

Wanda kam direkt auf mich zu, und ich versteckte mich schnell im Eingang der Zweiten-Speisekammer-links-neben-dem-Boilerraum. Sie sah mich nicht. Max folgte ihr, und im Gehen biss er mit seinen spitzen Eckzähnen in ein Bonbon, als wollte er noch einmal üben, bevor er Wanda beißen würde. Zwar verhielt sich Wanda zurzeit nicht unbedingt wie meine beste Freundin, aber ich musste sie retten. Deshalb sprang ich ihnen unvermittelt vor die Füße.

Wanda schrie auf. Als sie erkannte, dass ich es war, sah sie mich gereizt an. »Araminta! Was machst du denn da?«, fragte sie.

»Geht dich nichts an«, sagte ich. Ich hätte ihr erklären können, dass ich sie gerade davor bewahrt hatte, von einem Vampir gebissen zu wer-

den. Aber ich machte mir nicht die Mühe, denn ich ahnte, dass Wanda es mir ohnehin nicht danken würde.

»Spionier uns nicht immer nach!«, sagte Wanda.

»Ich spioniere euch nicht nach«, erklärte ich. »Ich habe viel Wichtigeres zu tun.«

»Du spionierst uns eben doch nach! Egal, wohin wir gehen, du lauerst uns überall auf«, sagte Wanda und wurde rot um die Ohren, wie immer, wenn sie wütend ist.

»*Ich* euch auflauern?«, sagte ich fassungslos. »Nicht ich lauere. Es ist der Vam... es ist Max, der hier überall lauert!«

Max sagte nichts dazu. Er kramte nur wieder ein Bonbon aus seiner Tüte – ein großes blutrotes diesmal – und schob es in den Mund. Ich starrte auf seine Vampirzähne. Wie konnte es sein, dass Wanda diese Zähne noch nicht aufgefallen waren? Manchmal denke ich, sie braucht eine Brille.

»Komm, Max«, sagte Wanda und nahm Max an seinem steckendürren Ärmchen. »*Wir* gehen.« Und hocherhobenen Hauptes marschierte sie in die Richtung zurück, aus der sie gekommen waren.

Nach dieser Begegnung fand ich, dass es mir egal sein konnte, wenn sich Wanda unbedingt von einem Vampirjungen beißen lassen wollte. Je eher, desto besser eigentlich. Ich vertiefte mich wieder in meine Planung. Endlich hatte ich eine hervorragend geeignete Stelle für die Falle gefunden, und nun brachte ich alle Teile für die Werwolf-Vampir-Kombifalle in unser Zimmer hinauf.

Es war Samstag, aber wir waren diesmal immer noch im Freitagszimmer, weil uns Ihr-wisst-schon-wer um das beste Zimmer der Woche gebracht hatte. Aber das Freitagszimmer ist auch ganz gut. Es hat ein kleines Bogenfenster mit dem Bild eines Wappentiers darauf, von dem Sir Horace sagt, dass es von seiner Burg stamme.

Außerdem hat das Zimmer eine sehr hohe spitze Decke, und weil unser Bett auf einem Podest knapp unterhalb der Decke steht, muss man eine lange Leiter hinaufsteigen. Neben *meinem* Bett gibt es eine Feuerwehrstange, über die ich hinunterrutschen kann, falls ich es einmal besonders eilig habe. Wenn aber Wanda die Stange benutzen will, muss sie mich sehr freundlich um Erlaubnis bitten. Doch an diesem Tag hätte Wanda noch so freundlich bitten können, ich hätte ihr den Abstieg über die Stange trotzdem nicht erlaubt.

Ich bin gern allein, denn ich bin daran gewöhnt. Bevor Wanda mit ihren Eltern hier einzog, war ich sehr viel allein gewesen, und deshalb freute ich mich jetzt darauf, mich ans Fenster zu setzen und in meinem Buch über Werwölfe weiterzulesen. Bestimmt trieb sich Wanda immer noch mit Max herum, davon war ich überzeugt, doch als ich die Tür öffnete, sagte hoch oben eine kleine piepsige Stimme: »Hallo, Araminta.«

Ich antwortete nicht.

»Hallo, Araminta«, sagte Wanda noch einmal.

»Ach, hallo«, sagte ich gelangweilt. Ich schnappte mir mein Werwolfbuch, setzte mich auf den Fenstersitz und fing an zu lesen.

Wanda sagte nichts, aber ich wusste, dass sie mich ansah und dass sie mich gern vom Lesen abbringen wollte. Aber ich hörte nicht auf. Plötzlich platzte sie heraus: »Er ist ein *Vampir*!«

Ich antwortete nicht. So leicht lasse ich mich nicht umstimmen.

»Ara*minta*!«, sagte Wanda und sah von ihrem Bett auf mich herunter. Ihre kurzen Beine baumelten über der Kante des Podests, und beinahe wären ihre Augen herausgesprungen. »Maximilian ist ein *Vampir*!«

»Weiß ich«, sagte ich immer noch gelangweilt. Ich las weiter.

»Das weißt du schon? Aber woher denn?«, quiekte Wanda.

Ich zog die Schultern hoch, schweigend.

Eine Weile sagte auch Wanda nichts. Sie starrte mich an und gab sich alle Mühe, mich am Lesen zu hindern. Aber ich lenkte nicht ein. Schließlich gab sie auf und sagte: »Araminta, darf ich an der Feuerwehrstange runterrutschen?«

»Nein«, sagte ich.

»Darf ich *bitte*?«

»Nein.«

»Dann erzähle ich dir auch alles, was ich über Max herausgefunden habe. Darf ich? Bitte, bitte, bitte!«

»Also gut, meinetwegen.«

»Toll!« Wanda kam die Stange heruntergerutscht und saß im Nu neben mir auf dem Fenstersitz unter dem Wappentier. »Rück mal, Araminta«, sagte sie, drängte mich zur Seite und machte es sich bequem.

Ich klappte mein Buch zu. Es war schön, Wanda neben mir zu haben – aber natürlich hätte ich ihr das nie gesagt.

»Weißt du, ich bin dahintergekommen, dass Max ein Vampir ist«, sagte Wanda, und ihre Augen kullerten fast auf den Boden.

»Ach ja?« Ich gähnte.

»Er redet genau wie Vampire in Filmen.«

»Weiß ich«, sagte ich.

Wanda und ich, wir wissen alles über Vampire, denn Onkel Drac stellt manchmal nachts, wenn wir längst im Bett sein sollten, einen alten Filmprojektor im pelzigen Badezimmer auf – *pelzig* wegen des widerlichen grünen Schimmelbelags, der sich dort überall gebildet hat –, und Tante Tabby sieht sich dann alte Schwarz-Weiß-Filme über Vampire an und futtert tonnenweise Pfefferminzbonbons. Sie denkt, wir wären im Bett, und hat keine Ahnung, dass Wanda und ich hinter dem Sofa stecken und zuschauen *und* von ihren Pfefferminzbonbons naschen, wenn sie nicht herschaut.

»Und er hat richtig spitze Zähne!«

»Weiß ich«, sagte ich.

»Und lange Kratz-Fingernägel!«

»Weiß ich.«

»Und er wollte *unbedingt* die Fledermäuse sehen. Aber daran habe ich noch nicht erkannt, dass er ein Vampir ist.« Wanda schob sich noch näher heran und flüsterte: »Willst du wissen, Araminta, wie ich dahintergekommen bin?«

Nun schien es interessant zu werden. Es hörte sich jedenfalls an, als hätte Wanda etwas ganz Entsetzliches entdeckt. Ich nickte.

Da raunte mir Wanda ins Ohr: »Nachdem du dich im Keller auf uns gestürzt hattest …«

»Ich habe mich nicht auf euch gestürzt!«

»Doch, hast du! Aber egal, jedenfalls wollten wir uns danach Gummibärchen holen, und da kam eine von den entflohenen Fledermäusen angeflattert, und *Max hat sie gegessen*!«

Das war ja schlimmer, als ich gedacht hatte. »*Wie* hat er sie gegessen?«, fragte ich. »Hat er sie im Ganzen verschluckt oder hat er sie erst ein bisschen gekaut?«

»Weiß ich nicht«, sagte Wanda. »Das habe ich nicht gesehen.«

»Woher weißt du dann, dass er sie gegessen hat?«

»Weil er«, flüsterte Wanda, *»Blut in den Mundwinkeln hatte*, als wir in die Küche kamen!«

»Iiihhh!« Das Werwolfbuch fiel mir aus der Hand.

»Schscht, er wird dich hören! Vampire können doch so gut hören«, zischte Wanda. »Erinnerst du dich an den Film, wo sie in einer Postkutsche über die Klippe fliehen wollten – mitten in einem Gewitter? Trotzdem hat der Vampir gehört, wie sie ihre Flucht planten, und hat sie gefangen!«

Wieder nickte ich. Ich wünschte, ich hätte das Blut selber gesehen, denn die Geschichte klang wirklich interessant – und sie bewies, dass ich Max richtig eingeschätzt hatte. »Während du also mit Vampir Max umhergeschlichen bist ...«, sagte ich.

»Ich bin nicht umhergeschlichen!«, unterbrach mich Wanda.

»Während *du* also wer weiß was mit Max unternommen hast, habe *ich* die Ausrüstung für eine kombinierte Werwolf-und-Vampirfalle zusammengestellt«, sagte ich.

Wanda schien beeindruckt. »Du bist so klug, Araminta!«

»Ich weiß«, sagte ich.

Als wir zum Abendessen hinuntergingen, blieb Wanda plötzlich mitten auf der Treppe stehen und sagte: »Aber wir müssen Max doch gar nicht in die Falle locken, wir wissen ja, wo er ist! Er ist unten und wird mit uns essen.«

Ich seufzte. »Wir müssen ihn aber dann fangen, wenn er gerade jemanden beißen will! Sonst wird doch Tante Tabby nie glauben, dass er ein Vampir ist.«

»Ach so«, sagte Wanda. »Ich verstehe.« Und dann ängstlich: »Aber *wen* wird er denn beißen?«

Wenn man Vampire oder Werwölfe fangen will, braucht man eine Person zum Aufstellen der Falle und eine zweite als Köder. Und da es meine Falle war, musste ich sie aufstellen. Damit blieb, soweit ich die Sache überblickte, nur eine Person übrig, die als Köder dienen konnte. Aber das sagte ich Wanda nicht, weil sie sonst wahrscheinlich nichts gegessen hätte. Egal, was Tante Tabby immer behauptet, ich finde mich manchmal sehr rücksichtsvoll.

~8~

Der Vampir und der Eintopf

Das Essen an diesem Abend war sonderbar – und nicht nur deshalb, weil der Boiler explodierte.

Als ich mit Wanda in die Zweite-Küche-links-neben-der-Speisekammer kam, war Vampir Max gerade dabei, Tante Tabby beim Tischdecken zu helfen. »Danke, Maximilian, mein Lieber«, sagte sie. »Du hast mir ja *so* geholfen. Und alle Messer und Gabeln richtig hingelegt! Du musst Araminta mal zeigen, wie man einen Tisch so ordentlich deckt.«

Max lächelte dümmlich und mir fiel auf, dass er vor Tante Tabby seine Vampirzähne *nicht* entblößte. Er sah kein bisschen wie ein Vampir aus; er erinnerte eher an einen geschniegelten Streber. Sein Haar war ordentlich gekämmt, sein Gesicht glänzte rosig – man sah ihm an, dass er sich gerade gewaschen hatte, damit niemand die Blutspuren an seinen Mundwinkeln entdeckte – und er hatte eine *Krawatte* umgebunden. Als Wanda und ich in die Küche kamen, verbeugte er sich. Wenn das nicht schleimig ist! Aber Tante Tabby hielt dieses Getue für gute Manieren.

»Guten Abend, Woanda«, sagte er auf diese seltsame Art, mit der er ihren Namen immer ausspricht. Wanda stieß einen kleinen Kiekser aus und huschte zu ihrem Stuhl. »Guten Abend, Cousine Araminta«, sagte er in meine Richtung und verbeugte sich noch einmal.

Wanda hatte recht, Max sprach mit dem gruseligen Vampir-Akzent. An Onkel Drac fällt mir manchmal eine *Andeutung* dieses Akzents auf, aber meistens achte ich nicht darauf, weil ich Onkel Drac gewöhnt bin und weil er sowieso kein bisschen unheimlich ist.

»Sag deinem Cousin Guten Abend, Araminta«, ermahnte mich Tante Tabby. »Außerdem kannst du dich hinsetzen und aufhören ihn anzuglotzen – das macht man nicht.« Dann stellte sie einen großen Topf Tante-Tabby-Eintopf auf den Tisch und fing an auszuteilen. Wanda seufzte. Sie kann Tante Tabbys Gerichte nicht ausstehen. Ich habe mich früher nie daran gestört, aber Wandas Mama Brenda ist nun mal die bessere Köchin und normalerweise macht *sie*

das Essen. An diesem Tag aber war sie anscheinend immer noch mit der Suche nach Pusskins beschäftigt.

»Ich glotze nicht«, erklärte ich Tante Tabby. »Für mich bitte nicht so viel Eintopf.«

Tante Tabby überhörte es. Sie häufte sogar einen extragroßen Schöpflöffel voll der zähen Masse auf meinen Teller und bekleckerte auch noch mein Kleid damit. Iiih!

»Du bist nicht sehr höflich, Araminta«, sagte Tante Tabby gereizt und klatschte eine noch größere Portion Eintopf auf Wandas Teller. »Ich muss schon sagen, es würde dir nicht schaden, wenn du ein paar Tipps von deinem Cousin Maximi-

lian annehmen würdest, was gute Manieren betrifft. Er ist das höflichste, zuvorkommendste Kind, das mir je begegnet ist.«

Was war los mit Tante Tabby? Hatte sie sich einer Gehirnwäsche unterzogen, oder was? Merkte sie nicht, wie offensichtlich es war, dass Max zu den boshaften Vampiren zählte, zu denen, die Leute beißen? Ich nahm meinen Löffel und steckte ihn in den Eintopf – er war fest wie Wackelpudding. Kein gutes Zeichen.

Wanda betrachtete ihren Berg Eintopf, als könnte sie davon hinterhältig überfallen werden, Vampir Max dagegen verschlang seine Portion und brachte es auch noch fertig, ein begeistertes Gesicht zu machen. Tante Tabby himmelte ihn geradezu an. Ich ahnte, dass Max in Tante Tabbys Augen einfach *nichts* falsch machen konnte. Irgendwie musste ich sie darauf stoßen, was Max in Wirklichkeit war.

Plötzlich kam mir ein glänzender Einfall. Ich hatte irgendwo gelesen, echte Vampire können keinen Knoblauch leiden. Sie hassen ihn sogar. Deshalb wollte ich Max dahin bringen, dass er sich selbst verriete. Ich sah ihn durchdringend an, damit mir nicht das Geringste in seiner Miene entgehen würde, und sagte betont liebenswürdig: »Tante Tabby, ist eigentlich Knoblauch in diesem Eintopf?«

»Knoblauch?«, fragte Tante Tabby verblüfft.

Vampir Max sah auf. *Aha*.

»Ja«, sagte ich und sah Max vielsagend an. »*Knoblauch*.« Vampir Max reagierte nicht. Ich merkte genau, dass er seine Gleichgültigkeit nur vortäuschte.

»Nein, Araminta, natürlich nicht.« Tante Tabby klang gekränkt. »Du magst doch keinen Knoblauch!«

»Doch! Sogar sehr gern! Würdest du mir bitte ein bisschen über meinen Eintopf reiben?«

»Was? *Rohen* Knoblauch?«, fragte Tante Tabby. »Bist du sicher?«

Ich nickte. Schlimmer konnte der Geschmack

ohnehin nicht werden, und außerdem war es ein wichtiger Vampirtest, der unbedingt nötig war. Ich blinzelte Wanda zu, aber sie sah mich verständnislos an.

Tante Tabby seufzte, schob lautstark ihren Stuhl zurück und stand auf. Mit einer dicken Knolle Knoblauch und einer kleinen Reibe kam sie zurück. Es war der Augenblick der Wahrheit. Ich starrte Vampir Max an und er starrte den Knoblauch an, als könne er seinen Augen nicht trauen. Ich spürte, dass ich nah dran war.

Tante Tabby machte sich mit der Reibe zu schaffen und ließ die Raspeln von mehreren Knoblauchzehen über die Pampe auf meinem Teller rieseln. Igitt! Es roch scheußlich. Tante Tabby hat recht, ich *kann* Knoblauch nicht ausstehen.

»Würdest du Wanda auch welchen darüberreiben?«, bat ich.

»Was? Mir?«, japste Wanda.

»Ja. Ich will doch nicht habgierig sein und

den ganzen Knoblauch allein essen«, erklärte ich.

»Oh, das macht mir nichts aus, Araminta, wirklich nicht!«, versicherte Wanda, aber Tante Tabby war schon dabei, auch über ihre Portion Knoblauch zu reiben.

»Und Vam… ich meine Max darf auch nicht leer ausgehen«, sagte ich zu Tante Tabby. »Ich bin sicher, er mag Knoblauch genauso gern wie wir.«

»Nein!« Vampir Max schrie fast auf. »Ich möchte keinen Knoblauch über meinen Eintopf, bitte. Er schmeckt wunderbar, so wie er ist, danke, Tante Tabitha, ich habe noch nie köstlicheren Eintopf gegessen«, sagte er und lächelte Tante Tabby vorsichtig mit zahnlosem Lächeln an.

»Oh, wie nett von dir, Max«, sagte Tante Tabby schwärmerisch. Sie setzte sich und fing an, ihren Eintopf mit Messer und Gabel zu schneiden. »Wirklich, Araminta, du könntest viel von Maximilians Manieren lernen«, sagte sie und warf mir einen funkelnden Blick zu.

Es ist immer gut, das Thema zu wechseln, wenn Tante Tabby grantig ist, deshalb sagte ich schnell: »Hat eigentlich Brenda Pusskins schon gefunden?« Aber diesmal schien mein Trick nicht zu funktionieren.

»Nein«, schnauzte Tante Tabby und schnitt den nächsten Bissen Eintopf ab.

»Vielleicht weil Pusskins in diesem Eintopf steckt!«, flüsterte ich Wanda ins Ohr. Wanda schnappte nach Luft und ließ ihren Löffel fallen. Tante Tabby, die immer wieder betont, dass Flüstern in Gegenwart anderer so ziemlich das unhöflichste Verhalten ist, das man sich vorstellen kann, machte ein Gesicht, als würde sie jeden Moment explodieren.

Aber noch vorher explodierte der Boiler.

~9~

Der Vampir und der Boiler

Der Boilerraum war in einem chaotischen Zustand – fast so wie damals, bevor Brenda zu uns kam und Tante Tabby sich allein um den Boiler gekümmert hatte. Überall war Ruß, die Boilerklappe hing am Lampenschirm und im ganzen Raum lagen Einzelteile verstreut.

Bei dem Knall, den die Explosion ihres kostbaren Boilers verursacht hatte, kam Brenda angerannt. Nach einem kurzen Blick schrie sie: »Mein Boiler, mein Boiler!«

»So tragisch ist es nicht, Brenda«, sagte Tante

Tabby beleidigt. »Ich habe schon Schlimmeres gesehen.« Sie drückte Brenda einen Eimer in die Hand. »Klaube die Teile hier rein, dann repariere ich ihn später.«

Brenda nahm Tante Tabby den Eimer weg und funkelte sie wütend an. »*Du* wirst ihn nicht später reparieren!«, sagte sie. »*Ich* repariere ihn *jetzt*. Oh, wie nett von dir, Max, das ist lieb. Danke, mein Lieber«, sagte sie und sah Ihr-wisstschon-wen strahlend an. Vampir Max hatte sich den Besen geschnappt, der doppelt so groß war wie er, und fegte eifrig den Ruß zusammen.

Brenda musterte Wanda mit einer unverkennbaren Tante-Tabby-Miene. »*Das*, liebe Wanda«, sagte sie, »meine ich mit Hilfsbereitschaft. Der kleine Max wartet nicht ab, bis man ihn bittet zu fegen. Er nimmt den Besen und tut es.«

Wanda ließ sich von dieser Information nicht beeindrucken. Im Gegenteil, sie wirkte ziemlich vergrätzt. Sie zog mich am Ärmel aus dem Boilerraum. »Komm, Araminta«, sagte sie laut. »Wir gehen. Du kannst von meinen Gummibären haben.«

Wir setzten uns im Dunkeln in die Erste-Küche-links-neben-der-Treppe, wo Wanda ihren Gummibärenvorrat aufbewahrt, und aßen zusammen zwei ganze Tüten Gummibären auf. Es war beinahe wie in alten Zeiten, bevor Vampir Max aufgetaucht war. Und kein Mensch ahnte, dass wir hier saßen.

Gerade überlegten wir, ob wir noch eine dritte Tüte unter uns aufteilen sollten, als niemand an-

derer vorbeikam als Brenda und Tante Tabby – mit Vampir Max, der wie ein Hündchen zwischen ihnen herlief. Die beiden überschlugen sich fast vor Begeisterung.

»Es war ja *so* nett von dir, Max, dass du mir mit dem Boiler geholfen hast«, sagte Brenda. »Ich habe schon oft versucht, Wandas Interesse für den Boiler zu wecken, aber er ist ihr schlichtweg egal.«

»Ich finde Boiler *faszinierend*, Mrs Gaukel-Wizzard«, sagte Max in seinem heuchlerischen Ton.

Brenda kicherte. »Oh, Max, mein Lieber, du musst natürlich Brenda zu mir sagen. Das tun alle meine Freunde. Und ich hoffe doch, dass wir Freunde sind.«

Wanda verzog das Gesicht, als müsste sie sich gleich übergeben, und ich erwiderte diese stumme Äußerung mit einer ähnlichen Grimasse.

Tante Tabby war genauso schlimm. »Ich finde, du hast eine kleine Belohnung verdient, Maximilian. Isst du gern Pfefferminzbonbons?«

»Das sind meine *Lieblings*bonbons, Tante Tabby«, sagte der schleimige Max. *Mir* bietet Tante Tabby nie eins ihrer kostbaren Pfefferminzbonbons an.

Wir blieben sitzen, bis der Vampir-Max-Fanklub außer Sicht war, dann schlichen wir in den Kellergang, wo es seit der Boilerexplosion stockdunkel war.

Plötzlich sah ich die Werwolfaugen wieder – und sie funkelten uns gefährlich an. Diesmal waren sie sehr dicht über dem Boden, und das konnte nur eins bedeuten: Der Werwolf hatte sich zum Sprung bereit gemacht. Ich packte Wandas Arm.

»Aua!«, schrie sie.

»Psst ... Werwolf!«, zischte ich. Aber kaum hatte ich es gesagt, verschwanden die Augen in der Finsternis.

»*Ich* habe keinen gesehen«, sagte Wanda.

»Es *war* der Werwolf! Wer sonst hat diesen starren funkelnden Blick und springt durch so einen dunklen Gang?«

Wir hatten den Beginn der Kellertreppe erreicht, deshalb konnte ich im Licht, das jetzt von der Eingangshalle herunterschien, Wandas ungläubigen Gesichtsausdruck erkennen. »Da ist nichts gesprungen, Araminta«, sagte sie. »Wenn etwas *gesprungen* wäre, hätten wir es doch gehört.«

»Und wie hört sich Springen genau an?«, fragte ich Fräulein Neunmalklug.

»Ungefähr so ...« Wanda schurrte mit den Füßen über den Boden. »Und auch ein bisschen wie Schlurfen, ungefähr so ...« Wanda machte komische Bewegungen wie ein Krebs, dem ein paar Beine fehlten.

»*Phh-hühihi!*«, prustete ich los.

»Das ist überhaupt nicht witzig«, sagte Wanda.

»Doch ... ist es.« Es half nichts, ich bekam einen Lachkrampf. Ich setzte mich auf die Treppe und würgte und schnaubte vor Lachen, während Wanda ein gekränktes Gesicht zog. Sie stand da, klopfte mit ihrem kleinen Fuß auf den

Boden und wartete darauf, dass ich mich beruhigen würde. Plötzlich kreischte sie los: »Sieh mal! Sieh doch mal! Werwolfspuren!«

Sie hatte recht. Über den ganzen Gang zogen sich die Spuren, die große Werwolfpfoten hinterlassen hatten – und sie führten die Treppe hinauf. *Ein Werwolf lief frei im Spukhaus herum!*

»Lauf!«, schrie ich. Und wir liefen los. Wir rannten, so schnell wir konnten, und blieben nicht stehen, bevor wir in unserem Freitagszimmer waren. Und Wanda blieb nicht einmal dann stehen, sie schoss die Leiter hinauf in ihr Bett und tauchte unter die Decke. Ich schlug die Tür hinter mir zu, schob einen Stuhl heran und rammte ihn unter den Türgriff wie die Heldin in den Filmen, wo der Vampir sie um Mitternacht durch sein Schloss jagt und dann in einem abgelegenen Zimmer in die Enge treibt – weit weg von ihren albernen ahnungslosen Freundinnen. Ich wartete auf das Rütteln an der Türklinke – ein Vampir rüttelt immer an der Türklinke, wenn er hereinwill, und dann *weiß* man einfach, dass sich die Heldin darauf gefasst machen muss, jeden Moment als Vampirfutter zu enden. Aber nichts geschah. Wir waren in Sicherheit.

Nicht *hundertprozentig* sicher, da wir ja einen Vampir und einen Werwolf im Haus hatten, aber es war mir ganz recht so, denn ich hatte einen Plan. Die Schwierigkeit war nur, dass ich für die Ausführung meines Plans Wandas Hilfe brauchte, und Wanda lag unter der Bettdecke und zitterte wie eine Portion Wackelpudding. Während sie also mit ihrer Wackelpudding-Nummer beschäftigt war, überprüfte ich noch einmal alles für meine kombinierte Werwolf-und-Vampirfalle. Alles war bereit.

Ich zog Wanda aus dem Bett, um ihr die beste aller Werwolf-und-Vampir-Kombifallen zu zeigen. »Es wird eine kombinierte Werwolf- und Vampir-Jagdexpedition, und zwar die beste, die es je gegeben hat«, erklärte ich. »Allerdings müssen wir bis Mitternacht warten, weil das die Stunde ist, zu der mit Sicherheit Vampire *und* Werwölfe unterwegs sind. Es wird bestimmt nicht lange dauern, bis wir beide gefangen haben.«

»Ich gehe *nicht* auf eine kombinierte Werwolf-und-Vampir-Jagdexpedition, Araminta«, sagte sie. »Auf keinen Fall! Und schon gleich gar nicht um Mitternacht. Um Mitternacht würde ich im Spukhaus überhaupt nirgendwohin gehen.«

Wanda ist so eine Spielverderberin! »Und wenn es nicht um Mitternacht sein müsste, würdest du dann gehen?«, fragte ich.

»Nein.«

Jetzt war ich wirklich sauer. Um einen Vampir oder einen Werwolf zu fangen, sind mindestens zwei Personen nötig, wie ich vorher schon erklärt habe. Die eine als Köder – was die ideale Rolle für Wanda wäre; und eine zweite, die auf die Sekunde genau den richtigen Zeitpunkt erkennen und blitzschnell reagieren muss – was meine Sache wäre. Doch beides gleichzeitig konnte ich natürlich nicht tun.

Es gab auch niemand anderen, den ich bitten könnte. Erwachsene sind für solche Unternehmungen völlig ungeeignet, und damit schieden Brenda, Barry, Onkel Drac und Tante Tabby von vornherein aus – und außerdem, wer würde gern um Mitternacht zusammen mit Tante Tabby Vampire und Werwölfe fangen? Sie würde sie eher verscheuchen. Auch Geister waren für diese Aufgabe nicht geeignet, weil sie normalerweise keine Gegenstände halten können, und auch abgesehen davon wären unsere beiden Hausgeister keine Hilfe – Sir Horace würde garantiert im unpassendsten Augenblick auseinanderfallen und Edmund würde noch mehr Angst haben als Wanda. Es blieb also nur eine einzige Person übrig, die brauchbar gewesen wäre, und zwar Max – aber der war es ja gerade, den wir fangen wollten.

Inzwischen war es dunkel geworden. Ich saß auf dem Fenstersitz unter dem Wappentier und beobachtete, wie langsam ein leuchtender Vollmond hinter den Bäumen am Ende des Gartens aufstieg. Die perfekte Nacht für eine kombinierte Werwolf-und-Vampir-Jagdexpedition, und doch würde mir weiter nichts übrig bleiben, als die Falle aus dem Fenster zu werfen und zu hoffen, sie würde einem von ihnen auf den Kopf fallen.

Aber manchmal entwickeln sich die Dinge eben anders, als man denkt. Mitten in meinen Überlegungen fiel ein seltsamer grüner Lichtschein unter der Freitagszimmertür hindurch. Ich war so verblüfft, dass ich beinahe zu Wanda unter die Bettdecke gekrochen wäre.

Ich war schon ein Stück die Leiter hinaufgestiegen, als ich begriff, dass es nur Edmund sein konnte. Er schimmerte durch die Tür, kam durch die untere Ritze ins Zimmer gequollen und schwebte dann knapp über dem Boden dahin. Edmund ist ein ziemlich kleiner Geist, obwohl er immerhin so um die zehn Jahre alt ist. Aber er hat im Mittelalter gelebt und ich glaube, damals waren die Menschen kleiner. Er hat eine Pagenfrisur, trägt eine Art Gewand mit langer Kapuze und hat einen schönen Degen im Gürtel stecken. Er spricht mit einem sonderbaren Akzent, und Sir Horace sagt, das käme daher, dass Edmund früher an einem Ort namens *Normandie* gelebt hatte. Er war erst sieben, als er seine Heimat verlassen hatte und als Knappe in Sir Horaces' Burg gekommen war. Das ist sehr jung, finde ich, um schon mit dem Berufsleben anzufangen. Vielleicht ist das eine Art Entschuldigung dafür, dass er so ein Kümmerling ist – aber nervig ist das trotzdem.

»Was willst du, Edmund?«, fragte ich.

Ich ärgerte mich, dass ich gerade halb auf der Leiter stand, als hätte ich mich vor Edmund gefürchtet oder so, und noch mehr ärgerte ich mich, als Wanda den Kopf unter ihrer Decke hervorstreckte und sagte: »Oh, hallo, Edmund!« Höchst begeistert sagte sie das und in einem Ton, als meinte sie eigentlich: Ich bin ja *so* froh,

dich zu sehen! Wenn sie *mich* sieht, hört sich das nie so an.

»Sir Horace schickt mich«, sagte er. »Er bittet um eure Hilfe.«

Das klang interessant.

»Was für eine Hilfe?«, fragte Wanda, die sehr neugierig ist und immer gleich Fragen stellt.

»Das kann ich nicht sagen, Wanda. Ich bin nur der Bote. Er bittet euch, um Mitternacht bei seiner Schatztruhe auf ihn zu warten.«

»Okay«, sagte ich. »Ich werde dort sein, aber Wanda nicht, weil sie um Mitternacht nicht gern unterwegs ist.«

»Doch!«, sagte Wanda. »Ich bin *sehr* gern um Mitternacht unterwegs! Du kannst Sir Horace sagen, dass wir *beide* warten werden, Edmund.«

Na also.

Die kombinierte Werwolf-und-Vampir-Jagdexpedition kam allmählich in Schwung.

~10~

Auf Vampirjagd

Wanda schaffte es nicht, wach zu bleiben. Es dauerte nicht lang, und sie schnaufte und schnüffelte leise vor sich hin wie ein Igel – so hört sie sich immer an, wenn sie schläft. Also musste wenigstens ich wach bleiben, damit wir um Mitternacht bei Sir Horace sein würden. Im Bett las ich mein Werwolfbuch zu Ende. Danach fing ich mit *Vampirjagd für Anfänger* an, das im Grunde genommen ganz gut ist, wenn auch ein bisschen einschläfernd, denn man hat immer den Eindruck, man müsste erst ein deutscher

Professor mit komischem Namen sein, ehe man sich auch nur die geringste Hoffnung auf einen Erfolg machen darf. Ich wurde müde, die Augen fielen mir immer wieder zu und ich musste mich zwingen, nicht einzuschlafen. Ein lästiger Zustand, denn schließlich wollte ich die Mitternachtsstunde auf keinen Fall verpassen.

Um wach zu bleiben, horchte ich auf all die Nachtgeräusche. So mancher würde es nachts im Spukhaus richtig gruselig finden, weil alle möglichen komischen Geräusche zu hören sind. Aber ich finde sie kein bisschen gruselig, weil ich sie alle kenne.

Die meisten stammen von Onkel Drac. Er verschläft einen großen Teil des Tages in seinem Schlafsack im Fledermausturm, und das bedeutet natürlich, dass er nachts im Spukhaus unterwegs ist. Aber ich kenne Onkel Dracs heiseres Husten und den Klang seiner Schritte und ich höre es gern, wenn er so durch die Gänge schlurft. Tante Tabby, die nicht gut schlafen kann, steht oft auf und geht hinunter in eine der Küchen, um sich Tee zu machen. Auch ihre Schritte kenne ich; sie hören sich ungeduldig und energisch an. Seit Kurzem guckt sie gern Vampirfilme, deshalb höre ich manchmal das Surren des Projektors aus dem pelzigen Bad und das Klappern des Filmbands, wenn die Spule zu Ende ist.

Brenda und Barry laufen nachts nicht herum. Nie. Ich weiß, dass sich Brenda, obwohl sie immer vorgibt, keine Angst vor der Dunkelheit zu haben, insgeheim doch fürchtet. Und ich weiß auch, dass sie die Tür ihres großen Schlafzimmers im Vorderteil des Hauses absperrt und dass Barry immer bei ihr bleiben muss. Er darf nicht *eine* Minute hinausgehen – für den Fall, die Monsterfigur draußen vor ihrem Fenster könnte plötzlich lebendig werden und sie beißen. Das sagt jedenfalls Wanda und sie muss es wissen.

Es gibt noch andere Dinge im Spukhaus, die Nachtgeräusche verursachen. Da ist einmal Sir

Horace, der beim Gehen verräterisch rasselt; da sind die Warmwasserrohre, die ein gurgelndes Geräusch machen; die großen Bodendielen auf dem oberen Flur, die knacken, wenn sich das Haus abkühlt; die Großvateruhr in der Halle unten, die unwahrscheinlich laut tickt und die – seit Tante Tabbys Versuch, sie zu reparieren – jede Stunde dreizehnmal schlägt; und schließlich die Mitglieder der Rattenfamilie, die sich gegenseitig über den Dachboden jagen und sich anhören, als hätten sie Wanderstiefel an.

Wer also seine erste oder einzige Nacht im Spukhaus verbringt, wird wahrscheinlich lange wach liegen und auf all die Geräusche hören; Wanda ist es auch so ergangen, als sie zu uns kam. Wer aber ein paar Nächte hier schläft, hat sich schnell an alles gewöhnt und wird schon bald schnaufen und schnüffeln wie ein Igel – wie Wanda das inzwischen tut. Nur, dass natürlich niemand *so* schnauft und schnüffelt wie Wanda.

Gerade hatte die Uhr in der Halle wieder einmal dreizehn Schläge getan, da riss ich erschrocken die Augen auf. *Richtig* geschlafen hatte ich wohl nicht, ich schätzte die Zeit jetzt auf elf Uhr. Ich horchte intensiv auf die nächtlichen Hausgeräusche, und bis auf das vereinzelte Knarren der Bodendielen auf dem oberen Flur war alles überraschend still. Doch dann hörte ich einen unbekannten Laut …

Zuerst das Öffnen einer Tür, aber es war nicht Tante Tabbys Tür oder die Tür zu Onkel Dracs Turm – es war die Tür zu unserem Samstagszimmer. Das wusste ich, weil sie auf eine ganz bestimmte Art quietscht. Dann hörte ich ein leises, regelmäßig wiederkehrendes dumpfes Tappen: So hört es sich an, wenn jemand über die Seilleiter heruntersteigt. Und sofort wusste ich, wer das sein musste – *Vampir Max*!

Ich rüttelte den schnaufenden Igel wach. »Wandaaaa!«, zischte ich ihr ins Ohr. Wanda fuhr hoch, das Haar stand ihr nach allen Seiten ab, als hätte sie einen Elektroschock bekommen.

»Prrrhhuuaa ...«

»Vampir Max! Er schleicht durchs Haus, ich höre ihn.«

»Hä?«

»Los, Wanda, beeil dich.«

Das Problem mit Igeln ist, dass sie sich nicht gern aufwecken lassen. Ich musste Wanda mehr oder weniger aus dem Bett zerren und sie die Leiter hinunterscheuchen, was nicht einfach war. Doch am Ende hatte ich es geschafft. Bald stand sie in ihrem kitschigen rosa Träume-süß-Feen-schlafanzug neben der Werwolf-und-Vampirfalle und rieb sich die Augen. »Ist schon Morgen?«, brummte sie.

»Nein«, sagte ich. »Zieh deine Pantoffeln an und komm.«

Wahrscheinlich hatte Wanda noch gar nicht begriffen, was wir vorhatten, trotzdem schlüpfte sie in ihre flauschigen Kaninchenpantoffeln mit den albernen Ohren. Ich schwang mir inzwischen die Werwolf-und-Vampirfalle über die Schulter. Ich glaube, richtig wach wurde Wanda erst, als wir unser Zimmer verließen. Mit weit aufgerissenen Augen sah sie sich um, als wundere sie sich plötzlich, wo wir waren. Und hätte ich ihr nicht vorsichtshalber die Hand über den Mund gelegt, hätte sie bestimmt losgekreischt.

»Phrrrer!«, keuchte sie.

Ich legte den Zeigefinger auf die Lippen und bedeutete ihr, mir zu folgen. Wir hielten uns dicht an der Wand und schlichen den breiten Gang über den Dachboden entlang, von dem aus die Türen in unsere verschiedenen Wochentagszimmer führen. Wanda kann sehr gut schleichen und ich auch, da ich schon oft geübt habe, mich unbemerkt an Tante Tabby heranzuschleichen. Es fiel uns also nicht schwer, dicht an die Seilleiter zu unserem Samstagszimmer zu gelangen. Und wirklich, da war er: Vampir Max klet-

terte gerade die Leiter herunter wie eine dicke schwarze Spinne.

Ein breiter Strahl Mondlicht streifte die Leiter, und als sich Vampir Max durch den Lichtstrahl bewegte, huschte das Licht über sein käsiges Gesicht und schimmerte auf seinem straff zurückgekämmten Haar. Mit seinem schwarzen Schlafanzug und der seltsamen schwarzen Samtjacke – von einem Seidenband zusammengehalten – sah er fast aus wie ein Minivampir aus einem von Tante Tabbys Filmen.

Wanda war inzwischen hellwach. Sie hatte ihre Finger in meinen Arm gegraben und es tat richtig weh, aber ich durfte nichts sagen, weil wir uns nun auf einer realen Vampir-und-Werwolf-Jagdexpedition befanden. Und der Vampirteil hatte schon begonnen.

Vampir Max schlich über den Dachbodengang und stieg leise die Treppe hinunter, ein Stück hinter ihm die unerschrockene Professorin von Spuk mit ihrer nichts ahnenden, aber wohlmeinenden Assistentin dicht auf den Fersen. Er merkte nichts. Zu einem gefährlichen Moment kam es, als Wanda durch ein dickes Spinnennetz lief, da dachte ich, sie würde aufschreien, aber sie gab keinen Mucks von sich. Wir folgten Vampir Max die Dachbodentreppe hinunter und dann den Flur entlang, wobei wir uns dicht an der Wand hielten und die besonders laut knarrenden Bodendielen vermieden. Es war eine unheimliche Verfolgung, aber eine richtig schön gruselige.

Im Spukhaus gibt es unzählige Türen und gewundene Gänge, die zu Schlafzimmern, Badezimmern, Türmen und allen möglichen anderen Räumen führen. Wir kamen an dem pelzigen Bad vorbei, und durch die halb offene Tür konnte ich am flackernden Licht erkennen, dass ein Film lief. Im Vorbeischleichen sah ich flüchtig den Umriss von Tante Tabbys Kopf im Lichtstrahl des Projektors. Ihr Kopf hatte eine sehr merkwürdige Form, weil sie immer große Kopfhörer aufsetzt, um niemanden zu stören. Das war im Augenblick sehr günstig, denn mit den Kopfhörern auf den Ohren konnte sie außer ihrem Film nichts hören, auch nicht, dass Wanda versehentlich auf eine knarrende Bodendiele trat und wir uns in einen dunklen Winkel drücken mussten, falls Vampir Max aufmerksam würde. Aber er drehte sich nicht um. Zielstrebig ging er weiter und seine kleinen Beine bewegten sich in dieser typischen unheimlichen Vampirart, als wüsste er ganz genau, wohin er zu gehen hatte.

Man kann im Spukhaus leicht die Orientierung verlieren, besonders bei Nacht. Es gibt Gänge, die plötzlich zu Ende sind, Treppen, auf denen man nirgendwohin kommt, und alle möglichen Zickzackgänge, die im Kreis herumführen und einen verwirren. Außerdem hängen überall dicke, halb vermoderte Vorhänge, die einem im Weg sind, wenn man es am wenigsten gebrauchen kann. Und auf diese Weise verloren wir Vampir Max aus den Augen. Gerade noch folgten wir ihm durch den gewundenen Gang im Westflügel, der zu dem stets verschlossenen Turm führte, und im nächsten Moment liefen wir versehentlich gegen einen dieser staubigen Vorhänge, sodass Wanda von einer Schar Motten angefallen wurde.

»Uaahh!«, schrie sie.

»Psst!«, zischte ich und zog sie hinter den Vorhang. Das Wichtigste auf einer Vampirjagd ist bekanntlich, dass der Vampir nichts davon merkt, sonst kann er sehr ungemütlich werden.

Deshalb hatte ich Angst, Vampir Max könnte uns hören. Wir versteckten uns eine Weile hinter dem stinkenden alten Vorhang und lauschten, ob seine Schritte zurückkämen, aber wir hörten nichts. Ganz vorsichtig zog ich den Vorhang ein bisschen zur Seite, halb in der Erwartung, Max würde mit funkelnden Augen und bluttriefenden Mundwinkeln vor uns stehen – doch weit und breit war keine Spur von ihm zu sehen. Wir hatten ihn verloren.

Wanda machte sich nichts daraus. Gähnend sagte sie: »Dann fangen wir ihn eben morgen. Ich bin *so* müde, ich will wieder ins Bett.«

»Geht nicht«, erklärte ich. »Es ist bald Mitternacht und wir haben Edmund versprochen, uns mit Sir Horace zu treffen. Oder hast du das vergessen?«

»Oh«, sagte Wanda.

Im *Geist-in-der-Wanne*-Bad war von Sir Horace noch nichts zu sehen. Wir warteten eine Weile – mir kam es wie eine Ewigkeit vor –, und weil ich keine Uhr hatte, fragte ich Wanda schließlich nach der Uhrzeit.

Wanda trägt immer ihre rosa Feen-Armbanduhr. Sie behauptet, Pusskins habe sie ihr zum Geburtstag geschenkt, was aber mit Sicherheit geschwindelt ist, weil Katzen keine Geburtstagsgeschenke machen können. Und selbst wenn sie es könnten, würden sie sich bestimmt nicht die Mühe machen – erst recht nicht eine mürrische Katze wie Pusskins. Doch auf der Karte hatte gestanden: *Für Wanda alles Gute zum Geburtstag. Liebe Grüße von Pusskins xxx*, und Wanda glaubte das tatsächlich. Auf der Uhr ist eine tänzelnde Fee abgebildet, und statt normalen Zeigern bewegen sich die Flügel der Fee um das Zifferblatt. Wanda studierte nun diese Flügel eine halbe Ewigkeit lang und versuchte zu entziffern, wie spät es war, deshalb sah ich selber nach. Es ließ sich schwer erkennen, sah aber so aus, als zeigte der eine Flügel genau nach oben und der andere *fast* nach oben. Es musste beinahe Mitternacht sein.

Wanda fing wieder zu quengeln an, sie wolle endlich schlafen gehen.

»Nein«, sagte ich entschieden. »Du kannst jetzt nicht schlafen gehen. Wir sind auf einer Werwolf-und-Vampirjagd und haben noch nicht mal die erste Hälfte erledigt: Weder haben wir den Vampir gefangen noch einen Werwolf gefunden.«

»Das ist mir egal«, sagte Wanda verdrießlich. »Ich will keinen Werwolf finden. Ich will auch keine zwei Werwölfe finden. Und Vampire sind mir egal. Ich will wieder ins Bett.«

»Schön, dann geh eben wieder ins Bett. *Ich* warte auf Sir Horace. Bis dann«, sagte ich.

Wanda starrte mich an, als hätte ich etwas unglaublich Dummes gesagt. »Ich geh doch nicht *allein* zurück, Araminta!«, sagte sie.

In diesem Augenblick hörte ich das verräterische Rasseln und Klirren von Sir Horace' Rüstung.

»Ah, Fräulein Spuk und Fräulein Gaukel-Wizzard. Vielen Dank, dass ihr gekommen seid. Sehr liebenswürdig«, dröhnte Sir Horace, während er langsam in das *Geist-in-der-Wanne*-Bad marschiert kam.

»Ist uns ein Vergnügen, Sir Horace«, flötete Wanda, die praktischerweise vergaß, dass sie sich noch vor ein paar Sekunden am liebsten ins Bett verkrümeln und Sir Horace im Stich lassen wollte.

»Wie freundlich, Fräulein Gaukel-Wizzard. Es ist immer eine Freude, dir und Fräulein Spuk zu begegnen«, sagte Sir Horace.

Ich wollte nicht allzu viel Zeit mit Sir Horace verplempern, da wir ja noch einen Vampir und einen Werwolf fangen mussten und die Zeit verging, deshalb kam ich zur Sache. »Warum wollten Sie sich mit uns treffen, Sir Horace?«, fragte ich.

»Ich wäre dir sehr dankbar, Fräulein Spuk, wenn du mir einen Gefallen erweisen würdest. Wärst du wohl so nett und würdest meine Schatztruhe öffnen?«

Ich fragte mich, warum Sir Horace uns ausgerechnet um Mitternacht brauchte, um ihm seine Schatztruhe zu öffnen. Schließlich hätte er uns ebenso gut tagsüber irgendwann darum bitten können, aber ich sagte nichts, sondern klappte den Deckel auf. »Bitte, Sir Horace«, sagte ich. »Wir gehen dann also wieder.«

»Dürfte ich dich wohl um einen weiteren Gefallen bitten, Fräulein Spuk? Würdest du bitte die kleine Silberpfeife aus meiner Truhe nehmen und dreimal hineinblasen? Aber erst in dem Moment, wenn unten die Uhr die volle Stunde schlägt!«

Das hörte sich sehr geheimnisvoll an. Ich kramte in der Truhe und fand die Pfeife. Sie war unscheinbar und zerkratzt.

»Ah«, sagte Sir Horace, als er die Pfeife sah. »Da ist sie ja. Was waren das für glückliche Zeiten! Ich weiß noch so gut, wie Fang …« In diesem Augenblick begann die Uhr in der Halle mit ihren dreizehn Schlägen und Sir Horace schrie fast: »Pfeifen, Fräulein Spuk, pfeifen!«

Ich blies also in die Pfeife. Glaubte ich jedenfalls. Ich holte tief Luft und blies

hinein, aber kein Ton kam heraus. Ich blies noch einmal. Und dann ein letztes Mal. Sir Horace schien nicht beunruhigt, dass die Pfeife keinen Ton hervorbrachte.

»Vielen herzlichen Dank, Fräulein Spuk«, sagte er. »Jetzt muss ich los und auf meinen treuen Fang warten.« Damit machte er kehrt und rannte fast aus dem Bad.

»Wer ist Fang?«, flüsterte Wanda ängstlich.

»Wahrscheinlich sein Hund«, sagte ich, und während wir hinter Sir Horace hinausgingen, versuchte ich mir ins Gedächtnis zu rufen, was er mir neulich auf der Treppe erzählt hatte. »Schscht ... was ist das?«

Wir verdrückten uns wieder ins Badezimmer, und wer kam da vorbei? Vampir Max.

11

Der Köder

Die kombinierte Werwolf-und-Vampirjagd kam also wieder in Schwung – zumindest der Vampirteil.

Ich nickte Wanda zu. Sie seufzte und flüsterte lautlos: »*Müssen* wir?« – »Ja!«, gab ich zurück.

Wir schlichen aus dem Bad und folgten Max. Diesmal war ich entschlossen, ihn nicht zu verlieren, und blieb deshalb so dicht wie möglich hinter ihm.

Wahrscheinlich war ich inzwischen leicht schreckhaft geworden, denn als ich sah, dass sich neben mir auf dem Boden etwas bewegte, hätte ich beinahe aufgeschrien. Aber dann begriff ich, dass es nur die albernen glänzenden Häschenohren an Wandas Pantoffeln waren, die beim Schleichen hin und her wackelten.

Max bog in den Gang ein, der zu dem verschlossenen Turm führt. Ich kenne diese Ecke ganz gut, weil ich früher, bevor Wanda hierherkam, oft versucht hatte, das Schloss zu knacken. Hatte Max etwa einen Schlüssel? Vielleicht war der Turm voller Vampire, und Max war in Wirklichkeit gar nicht zu *uns* gekommen, sondern zu *ihnen*.

Gerade bog er wieder um eine Kurve im Gang und ich versuchte, Wanda ein bisschen anzutreiben. Sie schlurfte in ihren Häschenpantoffeln dahin und hatte so gar nichts von einer begeisterten Assistentin, wie eine Vampirjägerin sie dringend braucht. Es überraschte mich also nicht, dass Max, als schließlich auch wir um die Kurve kamen, verschwunden war.

Ich sah die Stufen, die zum verschlossenen Turm führten, und die große spinnwebverhangene Tür oben an der Treppe – aber ich sah keinen Max. Das war kein gutes Zeichen. Ich lief die Treppe hinauf und rüttelte an der Tür, aber sie war abgeschlossen wie immer. Ganz bestimmt hatte niemand diese Tür geöffnet, denn sie war über und über von uralten verstaubten Spinnen überzogen, und auch die sahen so aus, als hätten sie sich seit Jahren nicht bewegt.

Es war seltsam. Vampir Max war spurlos verschwunden – genau wie in dem Film, in dem der Vampir plötzlich durch eine Falltür in einen unterirdischen Fluss stürzt und sich auflöst. Doch sosehr ich hoffte, Max wäre durch eine Falltür gestürzt und hätte sich aufgelöst, wusste ich natürlich, dass das nicht der Fall sein konnte. Ich kannte alle Falltüren im Spukhaus, und in dem Gang zum verschlossenen Turm gab es ganz sicher keine.

Wohin war er also verschwunden?

Und dann fiel es mir ein! Der verschlossene Turm hat eine Feuerrutsche, einen Fluchtweg für den Fall, dass ein Feuer ausbrechen würde. Unter der Treppe befindet sich eine kleine rote Tür, ähnlich der zu Onkel Dracs Fledermausturm, nur ist diese hier der Eingang zu einer langen Röhre, die sich von oben bis unten rund um den Turm windet und bis hinunter in den Keller führt. Seit ich klein war, hatte ich sie nicht mehr benutzt, weil Tante Tabby es mir verboten hat, und – haltet von mir, was ihr wollt – manchmal höre ich eben doch auf Tante Tabby. Außerdem hatte sie mir erzählt, dass ein unheimliches Monster in der Röhre hause, das hat mich auch ein bisschen abgeschreckt. Inzwischen aber bin ich alt genug, um zu wissen, dass die Sache mit dem Monster geflunkert war.

Wanda wollte nicht durch die Röhre rutschen, und erst recht nicht, als ich die kleine Tür öffnete und hineinleuchtete, denn dahinter war alles voller Spinnweben.

»Da rutsche *ich* nicht runter, Araminta«, sagte sie. »Auf gar keinen Fall!«

Weil ich an ihrem Ton hörte, dass sie ihre Meinung nicht ändern würde, schob ich sie kurzerhand hinein und sprang hinterher. Es war *toll.* Wanda kreischte ein bisschen, aber das war nicht schlimm, weil die vielen Spinnennetze ihr Geschrei dämpften. Wir schossen abwärts, immer rundum, mir wurde überhaupt nicht schwindlig, und in null Komma nichts kamen wir in einer alten Speisekammer im Keller heraus.

Wanda gefiel die Sache nicht. Besonders nicht, als ich direkt auf ihr landete. Sie rappelte sich mühsam auf, und da ich ahnte, dass sie sich nun lautstark beschweren würde, legte ich vorsorglich die Hand über ihren Mund und machte: »Schscht!«

Ich knipste meine Taschenlampe an. Wanda sah zu komisch aus: von oben bis unten voller Spinnweben, Staub und Spinnen. Bei mir war es nicht so schlimm, weil Wanda vor mir sozusagen

wie eine Schornsteinfeger-Bürste gewirkt hatte. Ich hatte nur ein paar Spinnen im Haar, das war alles.

Umso mehr überraschte es mich, dass Wanda jetzt kein großes Theater veranstaltete wie üblich, aber da sah ich ihren starr auf den Boden gerichteten Blick. »Araminta«, raunte sie. »Da ist ... etwas von dem Werwolf.«

Einen Moment lang wollte ich am liebsten gar nicht hinsehen, weil ich mir etwas Ekelhaftes wie Werwolfkacke vorstellte oder so, aber dann zwang ich mich dazu. Eine Werwolffängerin muss solchen Dingen ins Auge sehen können. Aber es war schlimmer als Werwolfkacke, es waren *Werwolf-Spuren*. Massenhaft Werwolfspuren. Sie liefen durch die ganze Speisekammer, führten in Zickzacklinien aus der Tür und verschwanden über den Gang. Der Werwolf hatte sich in seinen Bau zurückgezogen.

Ich war darüber nicht ganz so erfreut, wie ich es hätte sein sollen.

»Du zitterst ja«, sagte Wanda.

»Ich zittere nicht«, sagte ich. »Deine Augen spielen verrückt.«

Jetzt *musste* die Werwolffalle aufgestellt werden. Den geeigneten Platz hatte ich neulich schon gefunden: einen hohen schmalen Schrank neben der Fledermauskot-Klappe, in dem Onkel Drac gewöhnlich seine Schaufeln aufbewahrt. Ich wusste, dass Wanda dort gerade so eben hineinpasste, weil ich sie einmal aus Versehen darin eingesperrt hatte – es war wirklich ein Versehen gewesen, auch wenn Tante Tabby mir nicht glaubte. Gestern hatte ich mich vergewissert, ob der Platz auch für eine größere Person als Wanda reichte, zum Beispiel für mich. Er reichte. Zu zweit passten wir nicht hinein, aber das war nicht weiter schlimm, weil ich Wanda ohnehin nicht für das Versteck im Schrank vorgesehen hatte. Sie musste draußen eine sehr wichtige Rolle übernehmen. Sie sollte der Köder sein.

Mit einer Kopfbewegung forderte ich Wanda auf, mir zu folgen. Wir verließen die Speisekammer und ich knipste meine Taschenlampe aus, damit uns der Werwolf nicht sehen konnte. Es war wirklich gespenstisch, wie wir nun diesen unheimlichen Gang entlangschlichen, vorbei an all den dunklen Küchen, verlassenen Speisekammern und Vorratsräumen. Sogar der Boilerraum kam mir gruselig vor mit seinem mattroten Schein, der unter der Tür hervorleuchtete, und mit dem seltsamen Atemgeräusch, das er von sich gab – als wäre er ein schlafendes Ungeheuer.

Nicht lange und wir waren an der Gruselecke, wo ich damals die Werwolfaugen gesehen hatte. Auf Zehenspitzen schlichen wir an der Klappe vorbei und blieben vor Onkel Dracs altem Schaufelschrank stehen. Ich wollte möglichst schnell in den Schrank kommen. Wanda hatte ich noch nicht gesagt, dass sie der Köder sein sollte, weil das sicher nur zu Schwierigkeiten geführt hätte. Deshalb drückte ich ihr einfach die

Tüte Hundekuchen in die Hand, öffnete den Schrank und stieg hinein.

Gerade wollte ich die Tür schließen, als ich sah, dass Wanda ratlos die Tüte Hundekuchen betrachtete. »Iiiiih«, sagte sie, »die riechen aber komisch, diese Kekse. Die kannst du gern haben, Araminta.«

»Sie sollen ja auch riechen. Es sind *Hundekuchen*«, erklärte ich. »Damit werden wir den Werwolf leichter fangen.«

Wanda sah mich erstaunt an. »Und warum habe *ich* sie dann in der Hand?«, fragte sie.

Ich seufzte. Es ist so mühsam, immer alles erklären zu müssen, besonders wenn jeden Augenblick ein Werwolf zuschlagen kann. »Weil du der Köder bist«, sagte ich.

»Der Köder?« Wandas Augen kullerten fast aus den Höhlen. »Das bin ich ganz bestimmt nicht!«, rief sie. »Lass mich sofort in den Schrank!«

»Sei nicht dumm, Wanda«, sagte ich. »Hier ist nicht genug Platz für uns beide.«

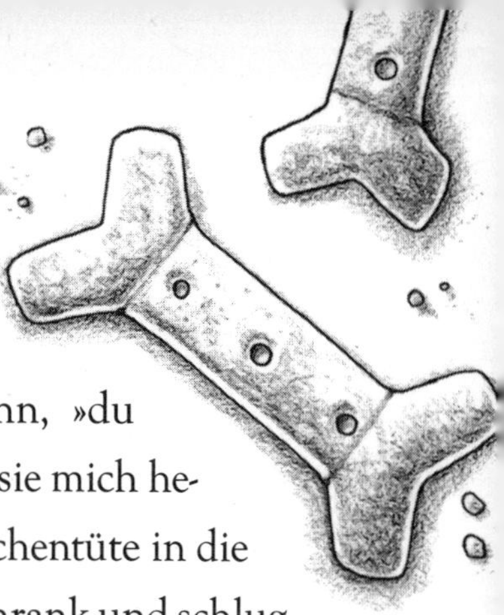

Das schien Wanda einzuleuchten. Sie schaute in den Schrank, um sich zu überzeugen. »Stimmt«, sagte sie dann, »du hast recht.« Und damit zerrte sie mich heraus, schob mir die Hundekuchentüte in die Hand, sprang selbst in den Schrank und schlug die Tür zu!

Ich zog an der Schranktür, aber sie ließ sich nicht öffnen. Ich wette, Wanda hielt sie von innen zu. Da stand ich also in diesem abgelegenen Kellergang mitten in der Nacht, eine Tüte Hundekuchen in der Hand, und musste jeden Moment mit dem Angriff des nächstbesten Werwolfs rechnen.

Am liebsten hätte ich mit den Fäusten an die Tür geschlagen und geschrien: *Lass mich rein*, aber ich getraute mich nicht, Lärm zu machen. Jetzt blieb nichts weiter übrig, als die kombinierte Werwolf- und Vampirfalle einsatzbereit zu machen.

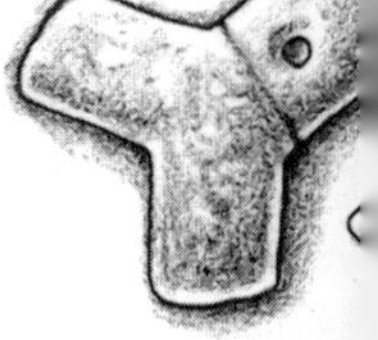

Ich nahm schnell den Kescher zur Hand, für den Fall, der Werwolf würde zufällig um die Ecke kommen, und machte probehalber ein paar Fangbewegungen. Es klappte gut. Dann holte ich die beiden Säcke und das Seil aus meiner Ausrüstung.

Jetzt kam das beste Stück, die Hologramm-Brille. Ich setzte sie auf und ... konnte nichts mehr sehen. Das hatte ich nicht bedacht. Aber dann fiel mir ein, dass die Hologramm-Werwolfaugen ja nicht unbedingt über meinen eigenen Augen sein mussten, sie konnten *irgendwo* sein. Ich schob die Brille also auf die Stirn hoch, und so ging es besser. Jetzt war ich auf alles gefasst: auf Vampire, auf Werwölfe und sogar auf Tante Tabby.

Aber ich war nicht gefasst auf das schlurfende Geräusch, das sich nun näherte. Ich mag Schlurfen nicht, besonders nicht im Keller des Spukhauses, wenn Mitternacht vorbei ist und meine sogenannte beste Freundin sich in einem

Schrank eingeschlossen hat und mich als Werwolfköder draußen stehen lässt. Erst hoffte ich, es wäre eine von Onkel Dracs Fledermäusen. Wenn Barry nämlich Kot schaufelt, entkommen manchmal ein paar Fledermäuse aus dem Turm, ohne dass er es merkt. Nur: Fledermäuse schlurfen nicht über den Boden. Das Schlurfen kam immer näher. Ich drückte mich eng an die Wand und stieß wahrscheinlich unbewusst einen kleinen Quieker auf Wanda-Art aus, denn hinter mir ging plötzlich die Schranktür auf. Fast hätte ich laut aufgeschrien.

Wanda streckte ihre neugierige Nase heraus und wisperte: »Alles in Ordnung, Araminta?«

»Nein!«, sagte ich.

»Warum nicht? Was ist denn?«

»Dreimal darfst du raten! Der *Werwolf* kommt angeschlichen. Hörst du ihn nicht?«

Wanda horchte. *Schlurr ... schlurr ... schlurr ...* »Schnell! Komm rein!«, zischte sie und zog mich am Ärmel in den Schrank. Ich hätte nie geglaubt, dass wir beide Platz darin haben würden, aber es ist erstaunlich, wie klein man sich machen kann, wenn es sein muss. Wanda zog die Tür zu. Das Schloss schnappte nicht richtig ein, aber sie hielt die Tür fest zu und dann verhielten wir uns mucksmäuschenstill und lauschten.

Schlurf … schlurf … schnüffel … schnüffel. Der Werwolf war jetzt richtig laut. Er war unmittelbar vor dem Schrank. Er schnüffelte ein bisschen, schniefte ein bisschen, raschelte mit der Hundekuchentüte. Und dann kratzte er an der Schranktür! Das wäre nicht weiter schlimm gewesen, hätte Wanda jetzt nicht aus irgendeinem Grund versucht, sich in die hintere Schrankwand zu graben. Und plötzlich war nichts mehr hinter uns – und wir fielen rückwärts in die Dunkelheit.

~12~

Fang

Ich landete wieder auf Wanda, und das war gut, denn auf Wanda landet man immer weich. Als ich aufsah, erkannte ich die hohe, aus Backsteinen gemauerte Decke des Geheimgangs, der sich durch den Keller zieht. Ich war erleichtert – wir waren in Sicherheit. Aber dann sah ich die Werwolfaugen. *Und diesmal waren sie direkt über mir.*

Es war zu spät, um mit Wanda Plätze zu tauschen, deshalb schrie ich: »Hilfe!« Wanda gab einen quiekenden Laut von sich. Die Werwolfaugen kamen näher, und ich erkannte, dass sie anders waren als letztes Mal. Sie glitzerten silbern, nicht grün, und sie sahen sehr viel größer aus. Eine schlimme Situation. Und noch schlimmer war, dass ich nicht einmal meine Falle bei mir hatte, ausgerechnet jetzt, wo ich sie brauchte.

Ich sah keine andere Lösung, als wegzurennen. Gerade überlegte ich, ob ich Wanda mitnehmen oder sie besser als Köder zurücklassen sollte, da breitete sich langsam ein grünlicher Schimmer im Tunnel aus.

Und dann war in der Dunkelheit plötzlich Edmunds geisterhafte Stimme zu hören: »Was macht ihr denn hier?«

»Edmund!«, kreischte Wanda. Zappelnd und strampelnd kroch sie unter mir hervor und sprang auf die Beine. »Oh, Edmund, du bist unsere Rettung!«, rief sie, als wäre er so etwas wie ein Held. Was er natürlich nicht war, denn er hatte uns ja nicht gerettet.

Edmunds grüner Lichtschimmer brachte es

immerhin mit sich, dass ich den Werwolf nun deutlich sehen konnte. Es war ein riesiger Wolf und er war schlichtweg abscheulich. Sein Maul stand weit offen, seine Zunge hing heraus, und seine großen spitzen Reißzähne sahen aus, als würden sie jeden Moment zubeißen. Was konnte ein mickriger kleiner Geist wie Edmund gegen ein solches Ungeheuer ausrichten?

Und was tat dieser mickrige kleine Geist da? Er schwebte auf den Werwolf zu, kraulte ihn hinter den Ohren und sagte: »Hallo, Fang, wo hast du denn gesteckt?« Und der Werwolf setzte sich und wedelte mit dem Schwanz wie ein Hund!

»Oh, Edmund«, sagte Wanda träumerisch. »Du bist ja *so* mutig.«

»Ich bin nicht mutig, Wanda«, sagte Edmund mit seinem komischen Akzent. »Aber ich muss jetzt schnell Sir Horace suchen. Ich bin gleich zurück.«

»Edmund!«, jammerte Wanda. »Lass uns doch nicht mit einem Werwolf hier stehen!«

Edmund lachte. Dafür jedenfalls hielt ich das hohle Meckern, das er von sich gab. »Fang ist kein Werwolf«, sagte er. »Fang ist Sir Horace' treuer Jungwolf.« Und damit schwebte er davon und ließ uns allein. Mit Fang.

»Soll ich auch *Hallo* zu Fang sagen?«, flüsterte Wanda, die, wenn sie könnte, Edmund am liebsten alles nachmachen würde. Aber ich nehme an, es würde ihr schwerfallen, verkehrt herum an der Decke entlangzuschweben.

»Wenn du willst«, sagte ich.

»Fang ist *so* nett«, sagte sie. »Und er hat *so* weiche Ohren.«

»Wie willst du denn das wissen?«, fragte ich. »Er ist ein *Geist.*«

»Ich weiß es eben«, sagte Wanda, während sie eifrig die Luft kraulte. »Man spürt es einfach, dass sie weich *wären*, wenn er ein echter Wolf *wäre.*«

»Wäre er ein echter Wolf, würdest du ganz sicher nicht seine Ohren kraulen«, erklärte ich. »Dann würdest du nämlich in null Komma nichts ein Wolfsimbiss sein.«

Es dauerte nicht lange, und wir hörten das Klirren und Rasseln von Sir Horace, der durch den Geheimgang kam. Die Wände waren erhellt von Edmunds grünlichem Schimmer. Sir Horace bog um die Ecke, dann blieb er plötzlich wie angewurzelt stehen. Etwas löste sich aus seiner Rüstung, machte *pling*, und ich hielt die Luft an, weil ich dachte, er könnte jeden Moment auseinanderfallen – aber er blieb aufrecht stehen.

Plötzlich hallte Sir Horace' jubelnde Stimme durch den Geheimtunnel: »Fang!«

Fang sprang auf, sodass Wanda jetzt tatsächlich nur die Luft kraulte. Er tollte wie ein überdimensionaler Welpe auf Sir Horace zu, mit wedelndem Schwanz und heraushängender Zunge. Sir Horace kniete nieder – unter bedenklichem Knirschen und Klirren – und schlang seine rostigen alten Arme um Fang. »Hallo, mein Junge!«, sagte er in kratzigem, völlig untypischem Flüsterton. »Wo warst du denn nur?«

»Oooh, ist *das* schön«, schwärmte Wanda. »Findest du nicht, Edmund?« Mich fragte sie nicht, ob ich das schön fände, weil ich nicht so sentimental bin wie Edmund. Aber es *war* nett. Es war wirklich schön.

In Sir Horace' Polterstimme schwang ein strahlendes Lächeln, als er sagte: »Fräulein Spuk, dir habe ich zu danken für die Rückkehr meines treuen Hundes Fang. Dein mitternächtliches Pfeifen hat ihn wieder an meine Seite geholt.«

»Es war mir ein Vergnügen, Sir Horace«, sagte ich. »Wie immer. Nun komm, Wanda.«

»Ich will aber bei Fang bleiben!«, sagte sie und knautschte die Ohren des Geisterwolfs. »Er ist *so* niedlich!«

»Du kannst später zurückkommen«, sagte ich. »Falls du's vergessen hast: Wir sind immer noch auf unserer kombinierten Werwolf-und-Vampirjagd. Also komm jetzt.«

Wir ließen Sir Horace mit seinem treuen Wolf stehen und krochen durch Onkel Dracs Schrank zurück zur Kotklappe. Natürlich war dieser Schrank der verborgene Zugang in den geheimen Tunnel, dessen Existenz ich immer geahnt hatte.

»Jetzt, wo wir den Werwolf gefunden haben, können wir doch aber wieder ins Bett gehen?«, fragte Wanda.

Ich sammelte die Teile der Werwolf-und-Vampirfalle ein, die hier liegen geblieben waren. »Nein, können wir nicht, Wanda«, sagte ich energisch. »Schließlich haben wir keinen Werwolf gefunden, sondern einen Geisterwolf. Und ein Geisterwolf würde keine Fußspuren hinterlassen, oder? Außerdem hatte der Werwolf grüne Augen, keine geisterhaft silbernen wie Fang. Und dann: Hast du etwa Vampir Max vergessen?«

Wanda antwortete nicht. Erst dachte ich, sie sei eingeschnappt – das geht bei Wanda ruckzuck –, aber sie fasste mich plötzlich am Arm und deutete zur Kotklappe. Sie stand offen.

Ein Lichtschein zuckte durch das Innere des Fledermausturms und an den alten Steinmauern tanzten die Schatten von fliegenden Fledermäusen. Ich habe nichts gegen Fledermausschatten, denn sie werden von Fledermäusen verursacht und Fledermäuse sind lieb, aber *unheimliche* Schatten mag ich nicht. Und ganz besonders nicht riesige unheimliche Schatten von *Werwölfen*. Und genau so einer geisterte durch den Fledermausturm! Plötzlich kam mir meine Werwolf-und-Vampirfalle gar nicht mehr so großartig vor, nicht einmal meine Hologramm-Brille.

Ich zog Wanda weg, aber es war zu spät. Der Werwolfschatten hatte uns gesehen und kam auf uns zu. Ich hörte das weiche Patschen seiner Pfoten im Fledermauskot.

»Lauf!«, rief ich Wanda zu, die offenbar lieber stehen bleiben wollte. »So lauf doch!« Der Schatten kam näher.

Ich zerrte an Wandas Arm und sie taumelte vorwärts. »Aua!«, schrie sie. »Zieh nicht so, Araminta, es ist doch nur On...«

Plötzlich hörte ich: »Minty? Bist du das, Minty?«

»Onkel Drac!«, rief ich. »Was bin ich froh, dich zu sehen!«

»Hab ich dir doch gesagt«, brummte Wanda und rieb sich den Arm.

Onkel Drac zwängte sich mit seiner Taschenlampe durch die Kotklappe. Er hatte sich einen prallen Sack voll Kot über die Schulter geschwungen und sah alles in allem aus wie ein Werwolf. Er machte ein verblüfftes Gesicht. »Meine Güte, Minty, was machst *du* denn um diese Zeit hier?«

»Wir haben einen Werwolf gejagt, Onkel Drac.«

»*Und* einen Vampir, aber der ist verschwunden«, meldete sich Wanda.

»Dann erzählt das mal nicht Tante Tabby«, sagte Onkel Drac lächelnd. »Ihr solltet doch längst im Bett sein. Na kommt, ich bringe euch rauf.«

Vielleicht hätte ich enttäuscht sein sollen, dass die Werwolf-und-Vampirjagd damit ein Ende fand – aber ich war kein bisschen enttäuscht. Werwölfe und Vampire sind nicht so leicht zu fangen, wie man sich das vorstellt, und Schlafen schien plötzlich eine verlockende Idee.

Wir gingen gerade am Boilerraum vorbei, als

Wanda abrupt stehen blieb und Onkel Drac und ich beinahe über sie gestolpert wären. Wanda verhält sich manchmal ein bisschen wie diese Spielzeuge zum Aufziehen: Lässt der Schwung nach, bleiben sie plötzlich stehen, und zwar meistens dann, wenn man am wenigsten damit rechnet. Außerdem ist sie auch nicht viel größer als ein Aufziehspielzeug, deshalb ist es nicht verwunderlich, dass sie ständig über den Haufen gerannt wird. Und obwohl sie es inzwischen gewohnt sein müsste, macht sie immer wieder eine große Sache daraus – nur dieses Mal nicht.

»Gib den Kescher her!«, zischte sie. »*Schnell!*«

Ich gab ihr den Kescher. Wenn Wanda so zischt, tut man, was sie sagt. Sie kann sehr herrisch zischen. Was dann geschah, konnte ich nicht sehen, weil die alberne Hologramm-Brille auf meiner Stirn – die ich total vergessen hatte – ins Rutschen kam, sodass ich nur zwei dunkle Flecke vor Augen hatte. Und als ich endlich begriffen hatte, warum ich nichts sah, und bis ich die Brille wieder zurückgeschoben hatte, war der Kescher schon voll – er war voll mit Vampir Max.

Ich war sehr beeindruckt. Wanda machte ein Gesicht, als hätte sie ihr Leben lang Vampire mit dem Kescher gefangen. Sie lag auf dem Boden und hielt den Keschergriff fest, als hinge ihr Leben davon ab; Vampir Max hatte nicht die geringste Chance zu entkommen. Der Kescher war genau von der richtigen Größe und bedeckte ihn vom Kopf bis zu den Zehen. Max stand da, die kurzen Arme seitlich herabhängend, als wüsste er genau, dass das Spiel aus war. Wenn jemand unter einem Werwolf-und-Vampir-Kombi-Kescher steckt, lässt sich sein Gesichtsausdruck nur

schwer erkennen, aber sehr glücklich sah Vampir Max nicht aus. Und Onkel Drac auch nicht.

Er kniete neben Vampir Max nieder und betrachtete ihn blinzelnd. Er wirkte beunruhigt. »Vorsicht, Wanda«, sagte er. »Das kann gefährlich sein.« Ich war froh, dass Onkel Drac wusste, dass Vampir Max gefährlich war. Wenigstens brauchten wir *ihn* nicht davon zu überzeugen, dass der Bursche nach Hause musste. Dann hob Onkel Drac ganz vorsichtig, als befürchte er, Vampir Max könnte beißen, den Kescher hoch. Vampir Max rührte sich nicht. Er stand nur so da, von oben bis unten voller Spinnen und Spinnweben, und blickte mit leeren Augen in die Ferne.

Aber da war etwas noch viel Schlimmeres als sein gruseliger Vampirblick: Von seinen langen spitzen Zähnen tropfte Blut!

Wen hatte er gebissen?

~13~

Die Vampirkatze

Ich brauchte nicht lange, um zu begreifen, dass nur *eine* Person infrage kam: Tante Tabby. Brenda und Barry schlossen sich jeden Tag punkt zehn Uhr in ihrem Zimmer ein, doch Tante Tabby hatte, als wir zu unserer Jagdexpedition aufgebrochen waren, im *Geist-in-der-Wanne*-Bad noch Vampirfilme geschaut. Und sie hatte die Tür offen gelassen!

»Onkel Drac, Onkel Drac!«, rief ich. »Wir müssen sofort Tante Tabby suchen, bevor es zu spät ist!«

»Schscht«, machte Onkel Drac, der immer noch neben Vampir Max kniete. Er sah auf. »Ich glaube nicht, dass es eine sehr gute Idee wäre, Tante Tabby zu holen, Minty«, sagte er. »Ihr müsst jetzt beide schön leise sein, dann bringen wir Max wieder zu Bett. Es ist gefährlich, jemanden beim Schlafwandeln zu wecken.«

»Schlafwandeln?«, echote ich. »Er ist kein Schlafwandler, er ist ein *Vampir*!«

»Pschscht!«, machte Onkel Drac noch einmal, aber schärfer jetzt. Ich erschrak. Plötzlich wirkte er sogar ärgerlich, und Onkel Drac ist *nie* ärgerlich.

Doch Tante Tabby war in Gefahr, das musste ich ihm einfach begreiflich machen. »Max ist ein echter Vampir, Onkel Drac. Er beißt Menschen. Sieh dir seine Zähne an. Schau mal das Blut in seinen Mundwinkeln. *Er hat Tante Tabby gebissen!*«

»Schscht, Minty«, flüsterte Onkel Drac. »Du darfst nicht all diese alten Geschichten glauben.

Heutzutage beißt niemand mehr Menschen. Nicht einmal meine Mutter, hahaha!«

»Aber er hat richtig scharfe *Eckzähne*, Onkel Drac. Spitz wie kleine Nadeln.«

»Solche hatte ich in seinem Alter auch, Minty. Sie sind anfangs immer so. Später werden sie dann stumpf. Aber jetzt müssen wir Max wieder ins Bett bringen, ohne ihn zu wecken.«

Normalerweise glaube ich, was Onkel Drac sagt, aber dieses Mal glaubte ich ihm nicht. Das waren doch nur Ausreden. Was war mit dem Blut in Max' Mundwinkeln? Wie wollte er *das* erklären?

Onkel Drac hob Max auf und trug ihn durch den Kellergang, als wäre er ein liebes schlafendes Baby und nicht ein abscheulicher kleiner Vampirlümmel. Wanda und ich trotteten hinter ihm her die Kellertreppe hinauf, und als wir an der Uhr in der Halle vorbeikamen, sah ich, dass Onkel Drac hastig und besorgt einen Blick darauf warf. Kurz vor ein Uhr. Er ging jetzt so schnell, dass Wanda und ich rennen mussten, um mit ihm Schritt zu halten.

Als wir in die Nähe des *Geist-in-der-Wanne-*Badezimmers kamen, sah ich durch die halb offene Tür den flackernden Lichtschein des Films. Aber Onkel Drac interessierte sich keine Spur für Tante Tabby. Ohne einen einzigen Blick stürmte er an dem Bad vorbei, ja, er beschleunigte seine Schritte noch.

»Komm, Wanda«, sagte ich und zog sie zu der halb offenen Tür hin. »Wir müssen Tante Tabby retten.«

Wanda schien wenig begeistert. »Müssen wir?«, flüsterte sie.

»Ja«, sagte ich. »Komm jetzt schnell!« Aber Wanda rührte sich nicht. Sie hielt sich am Türgriff fest. Endlich gelang es mir, sie in den Raum zu ziehen.

Unheimlich war es da drin. Der Vampirfilm lief noch, aber stumm, wegen Tante Tabbys Kopfhörer. Zu hören war nur das Surren des Projektors. Gerade kam die Handlung an die spannendste Stelle. Der Vampir, ein eleganter, gut aussehender Typ, kroch über das Dach eines schneebedeckten Schlosses mitten in einem Wald. Man ahnte schon, dass er das Fenster ansteuerte, das die Heldin gerade verzweifelt zu schließen versuchte. Und man *wusste* im Voraus, dass es ihr nicht gelingen würde. Eigentlich fragte man sich, warum sie überhaupt den Versuch machte, aber das tun Heldinnen eben immer.

Ich sah Tante Tabbys Hinterkopf und den seltsamen Umriss des Kopfhörers über ihren Ohren. Neben ihr auf dem Boden stand die halb leere Schachtel Pfefferminzbonbons, und es sah aus, als wäre nichts geschehen. Aber so ist das immer mit Vampiren.

Sie handeln so schnell, dass man sie nicht kommen sieht. Und Vampir Max war noch dazu ziemlich klein – Tante Tabby hätte ihn ohnehin nicht kommen sehen, auch nicht, wenn er kein Vampir gewesen wäre.

Plötzlich erging es mir wie Wanda: Ich wollte Tante Tabby nicht mehr unbedingt retten. Ich hatte Angst vor dem, was ich vorfinden könnte. Aber irgendjemand musste ihr ja zu Hilfe kommen, und da außer uns niemand da war, würde *ich* es tun müssen. Ich

holte tief Luft, dann marschierte ich entschlossen auf das Sofa zu und zwang mich, Tante Tabby anzusehen. Sie starrte mit leerem Blick auf den Bildschirm – genauso sehen Leute aus, wenn sie gebissen worden sind –, und von da an wusste ich, wenn ich auch kein Blut sah, dass Vampir Max ganze Arbeit geleistet hatte.

»Tante Tabby!«, schrie ich und schüttelte sie unsanft. »Oh, Tante Tabby, wach auf, *wach doch auf*!«

Tante Tabby fuhr hoch, als hätte sie einen Elektroschock bekommen. Sie sprang auf die Füße, warf die Kopfhörer ab und schrie gellend: »*Uaaaahhhh!*« Meine Ohren dröhnten. Sie starrte mich fassungslos an und versuchte herauszufinden, was los war, dann rief sie so überhastet, dass die einzelnen Wörter zu einem einzigen verschmolzen: »Meingottaramintawasdenkstdudirbloß? Mir ist fast das Herz stehen geblieben! Warum bist du nicht im Bett?«

In diesem Augenblick schlug unten die Uhr

dreizehnmal und Tante Tabby sah auf ihre Armbanduhr. »Ein Uhr morgens«, rief sie und schnappte nach Luft. »Was *tust* du hier noch so spät? Und wo ist Drac?«

Tante Tabby begriff anscheinend überhaupt nicht, wie knapp sie davongekommen war. Da kam Onkel Drac hereingestürmt.

»Tabby!«, rief er ehrlich besorgt. (Wird aber auch Zeit, dachte ich.) »Was ist denn los, Tabby? Ist dir etwas passiert?«

»Fast, Drac, fast«, sagte Tante Tabby mit leicht zittriger Stimme. »Araminta hat sich hereingeschlichen und mich fast zu Tode erschreckt. Ich kann mir nicht denken, was in sie gefahren ist.« Sie setzte sich auf das alte Sofa und fächelte sich mit dem Deckel der Bonbonschachtel Luft zu.

»Oh, Minty«, seufzte Onkel Drac. »Was sollen wir nur mit dir machen?« Er lächelte ein bisschen gequält, dann umarmte er mich fest und sagte zu Tante Tabby: »Minty hat es sich in den Kopf gesetzt, dass Max ein Vampir ist.«

»*Was?*«, sagte Tante Tabby bestürzt.

»Er hat wieder diese Kirschbonbons gelutscht.«

»Oooh!«, stöhnte Tante Tabby. »Dabei habe ich deiner Mutter versprochen, dass ich ihn nicht mal in die *Nähe* roter Bonbons lasse!«

»Er muss irgendwo einen heimlichen Vorrat haben«, sagte Onkel Drac.

Tante Tabby gab einen langen Seufzer von sich. »Dann hat er also wieder geschlafwandelt?«, fragte sie.

Onkel Drac nickte. »Keine Angst, Tabby, es geht ihm gut. Er ist nicht aufgewacht. Und jetzt liegt er im Dienstagszimmer und schläft tief und fest. Mit dieser wackligen Seilleiter konnte ich mich jetzt unmöglich abgeben.«

Aha, dachte ich. Jetzt nimmt Vampir Max also auch noch unser Dienstagszimmer in Anspruch. Nicht lange und wir werden alle Nächte der Woche im Freitagszimmer schlafen müssen. Falls er sich das nicht auch noch unter den Nagel reißt.

Das Filmband war am Ende angelangt und drehte sich im Leerlauf um die Spule. Onkel Drac sprang auf, um den Projektor auszuschalten.

Tante Tabby fixierte Wanda und mich mit einem klassischen Tante-Tabby-Blick und sagte: »Ins Bett!«

Wir schossen hinaus und liefen die Dachbodentreppe hinauf.

Als wir auf Zehenspitzen am Dienstagszimmer vorbeigingen, sahen wir neben der Tür eine zerknüllte Papiertüte liegen. Ich hob sie auf, weil Tante Tabby immer sagt: »Wenn du irgendwo Müll liegen siehst, Araminta, geh nicht daran vorbei, sondern heb ihn auf und wirf ihn in den Mülleimer.« Ich hob also die Tüte auf, aber in den Mülleimer warf ich sie nicht. Ganz bestimmt nicht. Es war nämlich etwas in dieser Tüte, und ich wusste auch, was.

»Sieh mal, Wanda, da sind Max' Kirschbonbons. Willst du eins?« Ich wusste, dass sie eins nehmen würde, weil Wanda nie ein Bonbon ablehnt. Wie gewöhnlich wühlte sie lange in der Tüte herum, bis sie das größte gefunden hatte – das macht sie immer so –, und steckte es in den Mund.

»Unduu? Willssu keins?«, nuschelte Wanda mit vollem Mund.

Ich schüttelte den Kopf. Nie würde ich eine Tüte Bonbons anrühren, in der Vampir Max den ganzen Tag seine klebrigen Finger hat. Außerdem handelte es sich um ein Experiment und eine echte Wissenschaftlerin beteiligt sich nicht an ihren Experimenten. Sie beobachtet die Ergebnisse. Und das tat ich. Es war umwerfend, das Ergebnis.

Roter Kirschsaft lief über Wandas Kinn, während sie hingebungsvoll an dem Bonbon lutschte. Und je mehr sie kaute und lutschte, desto mehr Saft tropfte ihr von den Mundwinkeln: Es sah aus wie Blut. Wanda Gaukel-Wizzard war ein Vampir!

Am nächsten Morgen verkündete Tante Tabby, dass Max am Samstag nach Hause fahren werde; bis dahin sollten wir nett zu ihm sein, und falls wir ihn noch einmal beim Schlafwandeln ertappten, sollten wir ihr sofort Bescheid sagen. Ich dachte, mit der Aussicht, dass er bald hier verschwindet, müsste das zu schaffen sein.

Nachdem wir Max bei manchen Dingen mitmachen ließen, hörte er allmählich auf, sich ständig bei Tante Tabby und Brenda einzuschmeicheln. Am Vormittag trafen wir Sir Horace, der mit Fang eine ausgedehnte Runde durch das Spukhaus machte. Solche Spaziergänge unternimmt Sir Horace nicht oft, und weil er dringend eine Pause brauchte, ließ er uns mit Fang weitergehen. Es war toll. Einen Geisterwolf ausführen ist überhaupt das Größte. Wir zeigten Fang – und Max – alles im Spukhaus und führten sie an die interessantesten Stellen. Der einzige Ort, gegen den Fang scheinbar eine Abneigung hatte, war die Gruselecke neben der

Kotklappe. Dort sträubte sich sein Rückenhaar und er knurrte bedrohlich.

Plötzlich hörten wir ein wütendes Kreischen. Zwei grüne Werwolfaugen tauchten aus dem Nichts auf – und bevor wir bis drei zählen konnten, war eine pummelige Flauschkugel von Pusskins' Größe auf Fang gelandet. Der heulte auf, und Pusskins zischte und fauchte und streckte ihre Krallen aus.

»Pusskins!«, schrie Wanda. Sie wollte die Katze auf den Arm nehmen, aber Pusskins lief in die Gruselecke davon.

Und dort fanden wir die Kätzchen. Drei winzige schwarze Kätzchen, zusammengerollt auf Onkel Dracs Sackstapel. Wanda fand sie noch niedlicher als Fang, aber ich persönlich zog Fang vor.

Brenda war natürlich begeistert. Sie kreischte fast wie Pusskins, als Wanda ihr die Neuigkeit erzählte. Sie brachte Pusskins und ihre Kätzchen in den Boilerraum, wo es schön warm war, aber

Pusskins trug sie auf der Stelle wieder zurück zur Gruselecke. Brenda brachte sie noch einmal in den Boilerraum und Pusskins trug sie wieder zurück. Am Ende gewann Pusskins und schließlich endete die Sache so, dass auch Brenda in der Gruselecke saß.

Trotzdem ging ich immer nur mit einem unguten Gefühl zur Gruselecke. Zwar hatte ich herausgefunden, dass die grünen Werwolfaugen Pusskins gehörten und dass der Grund für ihre ungewöhnliche Höhe darin lag, dass Pusskins auf dem Stapel mit Säcken saß. Aber das Rätsel der Fußabdrücke war noch nicht gelöst – diese Spuren waren viel zu groß für Pusskins. Hieß das, dass trotzdem ein Werwolf im Spukhaus lauerte?

Für diesen Fall hatte ich immer noch ständig meinen Rucksack mit der Werwolf-und-Vampir-Kombifalle bei mir, auch wenn wir den Vampirteil nun nicht mehr brauchten.

Am Samstag halfen Wanda und ich Max beim

Sargpacken. Zu dritt schleppten wir das sperrige Teil über die Treppe und warteten unten auf den Leichenwagen. Dann wollte sich Max noch von den Kätzchen verabschieden. Als wir zur Gruselecke kamen, schaufelte Barry gerade Fledermauskot, und Brenda fütterte Pusskins mit Milch und Fisch. Pusskins war jetzt, nachdem sie ihre Kätzchen bekommen hatte, viel schlanker, aber das würde wohl nicht lange so bleiben, wenn Brenda ihr weiterhin ständig Futter brachte.

Max verabschiedete sich von den Kätzchen. Ich fand, er sah richtig traurig aus. Dann verabschiedete er sich von Brenda, und zwar ohne jeden Funken von Heuchelei. Er sagte einfach: »Auf Wiedersehen, Brenda«, und tätschelte dabei ununterbrochen sein Lieblingskätzchen, ein kleines schwarzes, das an jeder Seite des Mauls einen weißen Fleck hatte – wie kleine Vampirzähne.

»Auf Wiedersehen, Max«, sagte Brenda. »Und vielen Dank, dass du mir mit dem Boiler geholfen hast. Vielleicht möchtest du ein Kätzchen haben? Ich meine, wenn sie groß genug sind, um ohne Pusskins auszukommen?«

Da lächelte Max ein strahlendes Vampirlächeln und seine spitzen Zähne blitzten nur so. Aber das machte mir jetzt keine Angst mehr, weil ich wusste, dass Onkel Drac die Wahrheit gesagt hatte: Die Zähne würden später, wenn Max älter wäre, nicht mehr spitz, sondern ungefährlich sein wie die von Onkel Drac.

»Ja, gern«, sagte Max. »Dann möchte ich bitte *dieses* hier.«

»Gut, die kleine Vampirkatze ist also deine«, sagte Brenda.

Max war so begeistert und aufgeregt, dass er mitten durch den Fledermauskot lief und durch den Gang rannte.

Und in diesem Augenblick sah ich wieder die Werwolfspuren – sie stammten von Max' Schuhen! Ich stieß Wanda an. »Sieh mal«, sagte ich. »Es ist *Max*, der all diese Werwolfspuren hinterlässt.«

»Ich weiß«, sagte Wanda.

»Das weißt du? *Woher?*«

»Ich denke, *du* bist der Detektiv?«, sagte Fräulein Siebengescheit.

»Ich kann nicht gleichzeitig Detektiv und Vampir-und-Werwolfjäger sein!«, erklärte ich. »Manchmal muss man Dinge delegieren.«

»Muss man was?«, fragte Wanda.

»Delegieren. Jemand anderen damit betrauen. Wie zum Beispiel *dir* die Sache mit den Werwolfspuren überlassen – verstehst du?«

»Ach so. Also, ich bin dahintergekommen, als er sich beim Packen hingekniet hat. Seine Schuhabsätze sehen aus wie die Tatzen von einem großen Wolf, deshalb hinterlässt er beim Laufen Wolfspuren statt Fußspuren. Ist das nicht witzig? Ich würde gern Schuhe mit Feenschuh-Absätzen haben.«

»Feen hinterlassen keine Spuren«, sagte ich. »Feen fliegen.«

Bevor Wanda antworten konnte, wurde laut an die Tür geklopft und wir stürmten beide hinauf. Ich war zuerst dort, sogar noch vor Tante Tabby.

Auf der Eingangstreppe stand das fast erwachsene Mädchen. Allein!

»Hallo, Mathilda«, sagte ich in meinem besten Erwachsenen-Tonfall. »Möchtest du reinkommen?«

»Ja, gern, Araminta«, sagte sie. Ich war sprachlos. Sie erinnerte sich an meinen Namen!

Dann, als wäre auch ich fast erwachsen, sagte sie: »Ich hoffe nur, es hat nicht zu viele Umstände gemacht mit Max?«

Ich lächelte zuvorkommend und sagte: »Nein, nein, gar nicht. Wir bedauern sehr, dass er wieder fahren muss.« Und das stimmte tatsächlich. Dann sagte ich: »Ich werde Barry bitten, dass er Perkins mit dem Sarg hilft. Möchtest du eine Tasse Tee, bevor ihr fahrt?«

Und Mathilda lächelte und sagte: »Das wäre wundervoll, Araminta, vielen Dank.«

Ich führte sie also hinunter in die Dritte-Küche-rechts-um-die-Ecke-neben-dem-Boilerraum und machte Tee.

Tante Tabby sagte nichts. Sie machte ein Gesicht, als hätte sie eben einen Tennisball verschluckt, und schien zu überlegen, was sie jetzt tun solle. Und sie sagte tatsächlich erst wieder etwas, nachdem wir Max und Mathilda nachgewunken hatten und der Leichenwagen um die nächste Kurve verschwunden war. Da sagte sie: »Nun, Araminta, ich muss zugeben, du hast von dem kleinen Maximilian wundervolle Manieren angenommen.«

Darauf antwortete ich lieber nicht, weil Tante Tabby es nicht verstanden hätte.

»Komm, Wanda«, sagte ich. »Wir sehen nach, ob Max Bonbons vergessen hat.«

Dann saßen wir in unserem Samstagszimmer und aßen drei Bananen-Kaubonbons, fünf Rhabarber-Puddings, zehn kandierte rosa Shrimps, vier Sahnebonbons, ein Fondant-Teilchen, zwei Erdbeer-Kaubonbons und einen ganzen Riegel Trauben-Nuss-Schokolade.

dtv
ARAMINTA SPUK
Gruselangriff aus dem Hinterhalt
Angie Sage
Autorin des Weltbestsellers ›Septimus Heap‹
dtv
ARAMINTA SPUK
Das Schwert in der Grotte
Angie Sage
Autorin des Weltbestsellers ›Septimus Heap‹
dtv
ARAMINTA SPUK
Die Entführung der Frösche
Angie Sage
Autorin des Weltbestsellers ›Septimus Heap‹